Um lugar muito distante

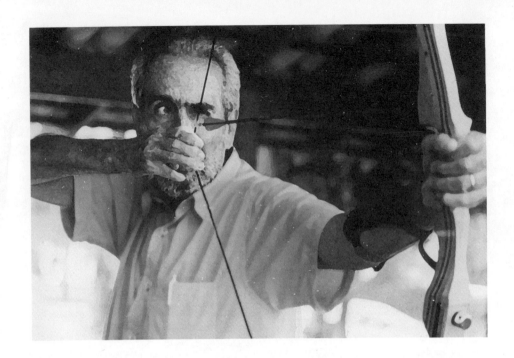

O Arqueiro

GERALDO JORDÃO PEREIRA (1938-2008) começou sua carreira aos 17 anos, quando foi trabalhar com seu pai, o célebre editor José Olympio, publicando obras marcantes como *O menino do dedo verde*, de Maurice Druon, e *Minha vida*, de Charles Chaplin.

Em 1976, fundou a Editora Salamandra com o propósito de formar uma nova geração de leitores e acabou criando um dos catálogos infantis mais premiados do Brasil. Em 1992, fugindo de sua linha editorial, lançou *Muitas vidas, muitos mestres*, de Brian Weiss, livro que deu origem à Editora Sextante.

Fã de histórias de suspense, Geraldo descobriu *O Código Da Vinci* antes mesmo de ele ser lançado nos Estados Unidos. A aposta em ficção, que não era o foco da Sextante, foi certeira: o título se transformou em um dos maiores fenômenos editoriais de todos os tempos.

Mas não foi só aos livros que se dedicou. Com seu desejo de ajudar o próximo, Geraldo desenvolveu diversos projetos sociais que se tornaram sua grande paixão.

Com a missão de publicar histórias empolgantes, tornar os livros cada vez mais acessíveis e despertar o amor pela leitura, a Editora Arqueiro é uma homenagem a esta figura extraordinária, capaz de enxergar mais além, mirar nas coisas verdadeiramente importantes e não perder o idealismo e a esperança diante dos desafios e contratempos da vida.

Jenny COLGAN

Um lugar muito distante

ARQUEIRO

Título original: *A Very Distant Shore*

Copyright © 2017 por Jenny Colgan
Trecho de *Endless Beach* © 2018 por Jenny Colgan
Copyright da tradução © 2022 por Editora Arqueiro Ltda.

Todos os direitos reservados. Nenhuma parte deste livro pode ser utilizada ou reproduzida sob quaisquer meios existentes sem autorização por escrito dos editores.

tradução: Dandara Morena
preparo de originais: Camila Fernandes
revisão: Mariana Bard e Pedro Staite
projeto gráfico e diagramação: Abreu's System
capa: Siobhan Hooper | LBBG
imagem de capa: Kate Forrester
adaptação de capa: Gustavo Cardozo
impressão e acabamento: Associação Religiosa Imprensa da Fé

CIP-BRASIL. CATALOGAÇÃO NA PUBLICAÇÃO
SINDICATO NACIONAL DOS EDITORES DE LIVROS, RJ

C659L

Colgan, Jenny
    Um lugar muito distante / Jenny Colgan ; tradução Dandara Morena. – 1. ed. – São Paulo : Arqueiro, 2022.
    128 p. ; 23 cm.

    Tradução de: A very distant shore
    ISBN 978-65-5565-397-7

    1. Ficção americana. I. Morena, Dandara. II. Título.

22-79595
CDD: 813
CDU: 82-3(73)

Meri Gleice Rodrigues de Souza - Bibliotecária - CRB-7/6439

Todos os direitos reservados, no Brasil, por
Editora Arqueiro Ltda.
Rua Artur de Azevedo, 1.767 – Conj. 177 – Pinheiros
05404-014 – São Paulo – SP
Tel.: (11) 2894-4987
E-mail: atendimento@editoraarqueiro.com.br
www.editoraarqueiro.com.br

Capítulo um

– Nome?

– Já disse – respondeu o homem. – Já disse várias vezes.

Saif sabia que não adiantava ficar com raiva nem perder a paciência. Se isso acontecesse, seria mandado de volta para o fim da fila, o que significaria outra noite ao relento. Embora a primavera estivesse próxima, ainda não havia chegado.

O frio parecia atingir até seus ossos; não conseguia lembrar como era se sentir aquecido – aquecido de verdade.

– Saif Hassan. De Damasco.

– Em que escola estudou? Qual era o nome do prefeito da cidade? Qual é o nome da rua comercial principal?

Todas essas perguntas eram para pegá-lo, fazê-lo errar, para separar os somalianos e tunisianos sem sorte, mas cheios de esperança. Ele tinha até conhecido um homem do Haiti, talvez o refugiado mais improvável da guerra do Oriente Médio que ele já vira. Havia outros, de países dos quais mal tinha ouvido falar – e Saif conhecia um pouco do mundo.

Ele respondeu às perguntas de novo e de novo, enquanto os homens atrás dele na fila sussurravam uns para os outros: "O que ele disse? O que ele está perguntando? Anota aí." Ficou parado, paciente, e aguardou, agarrado à mochila preta, a única coisa que tinha conseguido tirar do barco.

A única coisa.

Capítulo dois

Lorna estava atrasada de novo. Desligou o rádio do carro e as tantas notícias horríveis que aconteciam no mundo. Sabia que havia coisas muito piores do que estar atrasada, porém, no momento, saber disso não adiantava nada.

– Vem, pai – disse ela, ao sair do carro.

Segurou o braço do velho conforme ele saltava devagar e olhou para o relógio, nervosa. Com certeza ia se atrasar. Seu coração se apertou quando percebeu que já havia uma fila na frente do consultório.

O vento chegou de repente, vindo do oeste, fazendo cair uma ou duas gotas do que parecia ser chuva. Por favor, não. Tempestade, não. Fazer um homem de 74 anos esperar debaixo de um temporal de primavera não era nem um pouco justo. Mas havia uma longa fila para se consultar com o último médico da remota ilha escocesa de Mure.

– Me deixa aqui e pronto – murmurou ele, como sempre fazia.

– Para de ser bobo – rebateu Lorna.

Angus não ouvia nem metade do que fingia ouvir. Nunca escutava o que o médico lhe dizia. E Lorna não sabia ao certo a que horas seriam atendidos, se é que conseguiriam. Havia pelo menos dez pessoas na frente: mães com crianças chorando, velhinhas que pareciam estar até contentes por passear, trabalhadores de aparência triste olhando para o celular.

– Pode ser que demore – avisou ela. – Mas eu vou entrar para acomodar o senhor.

Isso significava perder a reunião das crianças. A Sra. Cook teria que a comandar. Mas Lorna sabia que os pequeninos da escola – e seus pais

– preferiam muito mais quando a diretora estava presente. Ela quis gritar de frustração. Irritada, pôs o cabelo ruivo e cacheado atrás das orelhas.

– Só tinha um médico aqui quando eu era jovem – constatou Angus.

– É, mas tinha bem menos pessoas quando o senhor era jovem – respondeu Lorna. – E todas morreram em acidentes com máquinas de fazenda ou de causas naturais antes dos 55 anos. Os médicos não eram tão necessários.

– É, bom… – rebateu Angus. – Na época, o médico era o Dr. MacAllister, o mais novo. Se bem que não era tão novo assim. Ele assumiu o consultório depois do pai, o velho Dr. MacAllister, que *também* assumiu depois do pai…

– Que usava sanguessugas – afirmou Lorna.

Ela olhou para o relógio. Era amiga de Jeannie, a recepcionista, mas não adiantava nada. Ela não quebraria seu galho. E não havia a menor possibilidade de Jeannie abrir a porta de aço antes de 8h30 em ponto.

– Você tem que ir, querida – declarou seu pai quando ela olhou para o relógio mais uma vez.

– Não, pai – disse, irritada consigo mesma por estar mal-humorada. – Está tudo bem.

Com certa preocupação, Lorna pensou de novo no número de matrículas da escola para o ano seguinte. Estava baixo mais uma vez. O problema era que não conseguiam um médico novo para a ilha; logo, as pessoas não queriam se mudar para lá. Preferiam ir para Orkney, ou para algum outro lugar mais movimentado, ou ficar em Glasgow e pronto. As coisas estavam ruins por todo canto.

Todos sabiam que a posição de clínico geral tinha sido anunciada havia oito meses sem que um único candidato aparecesse. O mesmo se repetia em todo lugar. Havia uma grande escassez de médicos no país inteiro, e muito poucos queriam levar suas habilidades extremamente necessárias para uma ilha tão pequena e distante.

Lorna suspirou quando Jeannie chegou e fez um alvoroço ao destrancar e erguer a porta de aço. Eram exatamente 8h30.

A fila, à qual muitas pessoas tinham se juntado desde que Lorna e o pai chegaram, avançou. Lorna pensou, de forma um pouco insensível, que era provável que os primeiros da fila nem sequer precisassem ir ao médico. Ela seguiu andando, ainda segurando o braço do pai, até o calor acolhedor da sala de espera superaquecida.

Capítulo três

Saif sabia que havia muitos refugiados na fila esperando atendimento no estábulo ao lado da grande cerca de arame farpado. A multidão também tinha percebido que era numerosa demais para que todos fossem atendidos naquele dia; logo, as pessoas estavam se empurrando.

Ele sabia que não deveria se aproximar delas. Era alto e sua presença sobressaía. Era mais velho do que a maioria dos homens, mas seu corpo podia atrair agressões. Tudo que queria era ficar longe de problemas. Já presenciara o suficiente para uma vida inteira.

A situação, porém, estava ficando feia. Os policiais atrás da cerca tinham sumido no momento, e havia cotoveladas e gritos no fundo da multidão. Ele cruzou o olhar com uma mulher muito jovem com um bebê quieto – quieto demais – num carrinho velho e caindo aos pedaços, e os dois desviaram o olhar.

Chega de problemas. Por favor.

Aconteceu muito rápido. Na verdade, foram só gritos. Só isso. Então, veio o berro de uma mulher e, no mesmo instante, um punhado de guardas bem armados entraram pela porta do estábulo. Vieram do nada, um ainda mastigando, de porretes erguidos e armas de fogo nas mãos. Logo o lugar foi tomado por um silêncio mortal. Os homens se afastaram, de cabeça baixa, como meninos travessos que foram pegos fazendo bagunça enquanto a professora estava fora da sala de aula.

Mas a mulher continuava a gritar. As cabeças que tinham se enrijecido, encarando o chão, desesperadas para não atrair atenção, começaram a olhar ao redor.

O homem no comando dos guardas disse algo na própria língua que era claramente um palavrão. Saif deu uma olhada rápida.

A mulher segurava uma criança nos braços, um menininho de no máximo 7 ou 8 anos. Ele não chorava, o que preocupou Saif, mas seus olhos estavam arregalados de medo, a pele pálida. O sangue jorrava de uma ferida no ombro. Estava óbvio que um dos jovens portava uma faca e algo tinha dado muito errado.

A multidão se dividiu para dar espaço à mulher. O comandante falou no rádio, mas recebeu uma resposta de que obviamente não gostou. Ele olhou ao redor, gritando em diferentes línguas:

– Médico? *Médecin*? *Tabib*?

Mais uma vez, todos encararam o chão. Saif deu um suspiro. Não era a primeira vez e não seria a última. Ele ergueu a mão.

– Eu – informou em voz baixa.

Capítulo quatro

— Então, quando vai ser a consulta? Ele está com a cabeça assim há três semanas. Não consegue mexer.
— Lorna, você sabe que eu faço o que posso — respondeu Jeannie, encarando o computador.
Parecia que, se ela clicasse o bastante, o tempo do Dr. MacAllister se expandiria num passe de mágica e novos horários apareceriam. Ele deveria ter se aposentado havia um tempo. Todos sabiam. No entanto, até que surgisse um novo médico, ele não conseguiria deixar o posto. Na verdade, precisavam de *dois* médicos novos. Não era possível cuidar da ilha sozinho, era um absurdo.
Continuar trabalhando era uma atitude nobre do velho médico, claro, mas não era nem um pouco prática. Ele já estava cansado. Estava ficando mais cansado. Visitar os pacientes em casa tornava-se cada vez mais difícil, e ele não sabia usar computador. Nunca tinha aprendido, o que significava que Jeannie passava longas horas extras não remuneradas tentando organizar os registros. Como os exames eram enviados de barco para o continente, às vezes precisavam esperar o clima colaborar para obter os resultados.
Jeannie e o médico estavam por um fio, e ambos sabiam disso. Sandy MacAllister tinha começado a tomar um gole extra de uísque quando chegava em casa à noite, mesmo sabendo que isso deixava tudo ainda pior. Sua esposa estava aflita. Tinham criado três filhos sadios na ilha, rapazes espertos e fortes, o orgulho dos pais. Um era dentista em Edimburgo, um estava na faculdade de medicina de Cambridge e o outro vacinava crianças

na África para a Cruz Vermelha. Nenhum deles dava muita importância para a ilha de Mure.

Jeannie ergueu a cabeça e olhou para a amiga.

– Deixa ele aqui – disse ela. – Mas não fala nada pros outros. Não quero ninguém resmungando no meu consultório.

– Mas você...

– Vou dar um jeito. Sandy fala comigo e eu anoto tudo para você.

– Jeannie, você não existe.

– NÃO CONTA pra ninguém.

Jeannie se virou para o próximo na fila, o pobre Wullie MacIver, cujos três talentos – lavar janelas, dirigir táxi e beber sidra – o deixaram muito mal.

– O que aconteceu dessa vez, Wullie?

– Fratura por esforço? – respondeu Wullie, esperançoso. – Talvez seja uma baita distensão, isso, sim.

Ambos olharam para o pé dele, descalço e muito sujo. Estava enorme, inchado e num tom bem escuro de roxo.

– Até mais – disse Jeannie para Lorna, que, cheia de gratidão, acomodou o pai com uma revista de assuntos rurais e disse que tudo daria certo.

Depois disparou pela porta.

Capítulo cinco

Todos os olhos observavam Saif conforme ele dava um passo para a frente, a mão segurando com firmeza a mochila preta.

– O médico do campo está ocupado – declarou o comandante, encarando-o com cautela. – Você é médico de verdade? Aqui tem muitos médicos de mentira. Falam que são médicos para conseguir um passaporte.

Antigamente, esse tipo de coisa deixaria Saif irritado. Não deixava mais. Ele simplesmente abriu a mochila, com o estetoscópio, o desgastado medidor de pressão e alguns curativos que restavam. O comandante assentiu quando ele se agachou.

– É seu filho? – perguntou Saif, em árabe, para a mulher, que, aterrorizada, confirmou em silêncio. – Qual é o nome dele? – Ele olhou para a criança. – Qual é seu nome?

– Medhi – sussurrou o menininho, de olhos arregalados e corpo trêmulo. – Tá doendo! Tá doendo! Tá doendo!

– Eu sei – disse Saif. – Eu sei. Vou dar uma olhada, tá bom? Só uma olhadinha. Prometo que não vou fazer nada sem avisar antes.

Saif pegou a tesoura – Medhi o observava, ansioso – e cortou com delicadeza a roupa no ombro. Percebeu, pelo som de preocupação que a mãe fez, que aquelas eram as únicas roupas do menino, mas agora estavam encharcadas de sangue.

Enquanto ele removia com cuidado os farrapos de tecido da ferida, Medhi grunhia. Lágrimas escorriam por seu rosto. O menino havia aprendido, em algum lugar, por algum motivo, a permanecer bem, bem quieto. Saif não queria saber como.

A ferida era profunda e ainda sangrava muito. Saif olhou o estábulo silencioso ao redor. Havia um jovem sentado num canto; era magro, mas musculoso, e usava um conjunto de calça e agasalho, velho e imundo. Parecia não fazer a barba havia uns três dias. Tentava parecer adulto, porém, na verdade, também não era mais do que um menino. Ele tremia e chorava baixinho. Saif o encarou até o garoto ter certeza de que havia sido avistado. Então, voltou ao trabalho.

– Vou precisar de álcool – informou ele ao guarda. – E remédios, se tiver.

– Achei que vocês, muçulmanos, não bebessem – respondeu o homem no comando. – Que hora estranha para beber, né?

Seus companheiros riram, até aqueles que provavelmente não falavam inglês. Era mais seguro entrar na onda do chefe.

– Para esterilizar a ferida – explicou Saif, ignorando a piada. Nunca escute. Nunca responda. – E, se tiver analgésicos, também vão ser úteis.

Trouxeram álcool isopropílico enquanto Saif tentava estancar o fluxo de sangue. Não havia lugar para pôr um torniquete. E no campo não conseguiam encontrar nada mais forte do que paracetamol. Saif supôs que os outros remédios tinham sido roubados.

Ele olhou para a mãe do menino, imaginando se ela compreendia o que precisava ser feito.

– Vou ter que suturar – avisou ele.

A mãe ficou boquiaberta e na mesma hora começou a chorar de novo. O menino virou a cabeça, em pânico.

– Você precisa ficar calma – pediu Saif, mas ela não conseguia.

Todos ali haviam passado por maus bocados. Grandes perigos, grandes desafios. Mas todo mundo tinha um limite, e aquele era o dela. Ela gritou e balançou os braços para proteger o menino; as outras mulheres se reuniram em volta dela, formando um círculo de apoio e mantendo-a numa roda segura de corpos femininos.

– Não se preocupe, Medhi – falou Saif com a voz mais calma que conseguiu. – Vou fazer uma coisa para você melhorar. Vai doer, mas depois não vai mais doer e vai sarar.

– Vai cortar meu braço com essa tesoura? – perguntou o menino.

– Não, claro que não – respondeu Saif.

O rosto do menino relaxou um pouco, e Saif sentiu um aperto no peito ao pensar no que estava prestes a fazer. Não havia outro jeito de deter o sangramento.

– Preciso de três homens – anunciou ele. Ao ver que ninguém se voluntariou, ele escolheu os dois maiores homens que conseguiu avistar. – E você – acrescentou, fazendo sinal para o adolescente trêmulo no canto.

O jovem teria que se sentar e aguentar a dor da criança. Se isso não lhe desse uma lição, nada daria.

Cada homem ficou responsável por segurar um braço ou perna. O rosto de Medhi se tornara uma máscara de terror, mas Saif não lhe cobriria a boca, pois não podia arriscar deixar que ele sufocasse. Enquanto o menino continuasse gritando, o médico saberia que ele ainda estava bem.

Fazendo uma rápida oração, Saif foi para o canto do estábulo e começou a lavar as mãos.

Capítulo seis

Felizmente, a chuva havia parado quando Lorna voltou para seu amado carro Mini e tomou a rua principal em meio ao vento. Como era frequente naquela época do ano, todas as quatro estações deram seus sinais em Mure no período de meia hora. Açoitadas pelo vento, campânulas-brancas brotavam do solo espichando a cabeça robusta e crocos desabrochavam por todo lugar.

Lorna seguiu pela orla, diminuindo a velocidade, embora estivesse atrasada, para ver uma garça pousar com perfeição à beira-mar. Ela virou à esquerda na colina, por fim chegando ao trabalho.

A escola era tão antiga quanto a própria paróquia. O chão cinza fora amolecido e desintegrado por gerações de pezinhos de Mure, apesar de o número de alunos ter aumentado e diminuído durante as épocas difíceis, emigrações e guerras. A construção era quente no inverno – enquanto muitas das casas eram frias, ficando vazias no outono se a colheita fosse tardia e muito cheias na época do Natal.

Ela marchou pelo pátio, que no momento estava vazio, sorrindo para outro atrasado, que a olhou com temor nos olhos e murmurou:

– Bom dia, Srta. Lorna.

– Vai entrando, Ranald MacRanald – ordenou ela, e ele correu para dentro com as pernas rechonchudas cheias de sardas.

A reunião estava quase no fim. Havia seis crianças no primeiro ano do ensino fundamental. Não importava quantas vezes ela contasse, não era

17

o suficiente. Sabia que a pequena Heather Skinner tinha acabado de ser diagnosticada com diabetes tipo 1, uma tragédia para a família, claro, mas também para a ilha. Os Skinners eram uma família recém-chegada. O pai trabalhava numa plataforma de petróleo e queria um lugar seguro e confortável para a jovem família crescer. Mas não conseguiriam ficar ali, porque precisariam de um hospital.

Lorna foi em direção ao seu escritório pequeno e desarrumado. Como sempre, o arrogante Malcom, do sexto ano, esperava por ela do lado de fora, por ter arrumado encrenca em algum lugar. Malcom mal completara 10 anos, mas já tinha os ombros largos e o corpo robusto de gerações de homens de Mure que estavam acostumados a tanger o gado por aí. Ele não dava a menor importância para a escola, e ela, com frequência, concordava com ele. Nada que Lorna fizesse ou dissesse adiantava. Ele queria muito ser suspenso para poder se juntar aos irmãos mais velhos, trabalhando no campo, consertando motos velhas e gastando o salário modesto no bar. Ela apenas o cumprimentou com a cabeça e decidiu lidar com ele sem demora.

O formulário estava em sua mesa, enterrado sob vários Currículos Nacionais Básicos. As pessoas achavam que era fácil administrar uma escola pequena, mas ela lidava com tanta burocracia quanto as diretoras de outras escolas, mas com apenas metade da equipe para cuidar de tudo. Lorna pegou o formulário. Era do conselho local e dizia "Formulário de solicitação B2/75 de médico clínico emergencial". Precisavam de uma carta de recomendação de um "membro respeitado da comunidade", o que parecia significar ela, a diretora solteirona. Lorna suspirou. Tinha só 30 anos, mas as pessoas se casavam cedo por ali.

Ela ligou o computador barulhento e antigo e começou a digitar uma carta para as autoridades.

Capítulo sete

Saif não conseguiria contar depois quanto tempo passara trabalhando, embora tivesse agido rápido e do modo mais seguro possível. Tudo pareceu um sonho, de tão concentrado que ele estivera: o suor na pele de Medhi e o quanto ele tinha se esforçado para não gritar; o adolescente chorando enquanto segurava as pernas do menino, orando por perdão; o silêncio no grande estábulo, exceto pelos soluços ocasionais da mãe da criança.

Saif nem notou o homem chegar enquanto terminava, com suor na própria testa, o trabalho hábil e ligeiro. Só depois que acabou foi que ergueu a cabeça e viu o homem encarando-o.

Ele não era nativo; podia-se dizer pelo terno, que era incomum. Por algum motivo, Saif sabia que era caro.

Era alto, magro e pálido, e estava cercado de pessoas jovens e curiosas – Saif supôs que fossem voluntários e integrantes de instituições de caridade. Tinha conhecido vários assim pelo caminho. A ajuda deles era limitada e às vezes confusa.

Enfim, ele ignorou o homem e tentou conversar com a mãe do menino, que no momento chorava e apertava o braço dele. O outro braço dela estava em volta do filho, que se deitava apoiado na mãe, caindo num sono febril. Saif lhe disse que era importante manter a ferida limpa, desinfetá-la e dar ao menino um remédio, se conseguisse arrumá-lo.

Depois, Saif virou-se para o adolescente que continuava chorando e o encarou.

– Me dá a faca – pediu ele, calmo.

O garoto, ainda trêmulo, entregou-a sem discutir.

– Ou a gente faz as coisas de modo pacífico ou nem faz – declarou Saif, guardando o objeto em sua bolsa. Poderia ser útil.

Alguém pigarreou. Era o homem alto e pálido que tinha notado antes.

– Você fala inglês? – perguntou ele num tom um tanto ríspido.

Saif fez que sim.

– Tenho diplomas britânicos.

Ficaram em silêncio. Ele vinha dizendo isso em toda fronteira havia muito tempo, e ninguém se importara. Mas, naquele momento, eles se entreolharam.

– Vem comigo.

Saif olhou para trás, na direção do menino. A cor que ele adquirira e a sonolência nos seus olhos ainda preocupavam o médico. A mulher o encarava. Mas não havia mais nada que pudesse dizer.

– Há um lugar para você. Entende o que estou dizendo?

O homem falava, porém Saif estava tão cansado que mal compreendia o que ele dizia. Era como se toda a sua energia tivesse sido reservada para fazer a viagem, ficar alerta e longe de encrenca. E, naquele momento em que alguém o tinha encontrado, em que alguém lhe dava atenção, só restassem o cansaço e a tensão. Mal conseguia manter os olhos abertos.

Saif piscou. Não era hora de perder a concentração.

– E a minha família? – indagou ele.

O homem alto pareceu um pouco irritado, como se uma família fosse uma peste enfadonha, como piolho.

– Cadê ela?

– A gente... se separou. Em...

Ele não conseguia pensar naquela noite. No frio, nos clarões, no pânico. Na impossibilidade de saber para qual lado subir. Os gritos, em tantas línguas diferentes. Não, não conseguia pensar nisso. Saif se esforçou para falar com gentileza. Seu pai tinha sido professor de idiomas na universidade, um homem do mundo, ruidoso e enérgico. Tinha ofuscado o filho mais novo e forçado Saif a prestar os exames britânicos na Universidade de Beirute.

– Assim, você poderá trabalhar em qualquer lugar – dissera ele, enquanto Saif batalhava com a língua inglesa.

Saif sabia que tinha partido o coração do pai quando escolhera voltar para a Síria, seu país natal, a fim de trabalhar para os pobres de Damasco. Seu pai tivera sonhos maiores do que aquilo. Sabia aonde aquilo podia dar.

Saif sentia saudade dele todo dia.

– No barco – disse ele, baixo.

O homem ergueu a sobrancelha.

– Lamento – falou ele.

Saif balançou a cabeça com uma expressão inteligente.

– Não – respondeu ele. – Eles devem ter sido resgatados por outro barco.

Ele olhou para cima, tentando não parecer suplicante. Tinha aprendido que implorar não funcionava. Os valentões sabiam disso, e, naquele momento, seu mundo era regido por valentões.

– Consegue encontrar eles para mim?

– Não, mas, se você tiver mesmo diplomas britânicos, podemos lhe dar um emprego – anunciou o homem do governo. – Aí, você mesmo pode encontrar eles.

Capítulo oito

Semanas se passaram até que Lorna recebesse uma cópia da carta oficial que avisava do novo médico para a ilha. O conselho andava comemorando a vitória, todos encantados com a notícia.

Temos o prazer de informar que sua solicitação do serviço de um médico adicional foi aceita. O clínico geral chegará no dia 12 de abril e trabalhará em período integral...

A carta continuava, mas era só isso que ela precisava saber. As dores de cabeça do pai tinham melhorado um pouco com remédios mais fortes, mas ela ainda estava preocupada com ele. Achava que Sandy deveria tê-lo encaminhado para um especialista no continente.
Seria maravilhoso ouvir uma segunda opinião.
Como sempre acontecia em Mure, a notícia já tinha se espalhado por toda a vila quando ela apareceu na loja de produtos locais para comprar um dos deliciosos sanduíches de presunto com vegetais em conserva.
– Ah, será que ele é jovem? – perguntava a Sra. Bruce a Morag, a dona da loja.
A Sra. Bruce tinha 78 anos, então sua ideia de "jovem" era qualquer coisa abaixo dos 73.
– Deixa de bobagem – respondeu Morag, ensacando as compras da velha senhora. A Sra. Bruce não comprava muito, mas sempre comprava o que havia de melhor. – E, em todo caso, agora só quem faz medicina é mulher. Só tem médicas.

A Sra. Bruce franziu o cenho.

– Que pena – lamentou, virando-se, e avistou Lorna parada ali. – Bem que podia ser um bom rapaz para entrar na sua vida, Srta. Lorna.

– Obrigada por cuidar de mim, Sra. Bruce – disse Lorna, sorrindo.

Os últimos três homens que a Sra. Bruce havia sugerido para Lorna foram: a) Iain Bruich, que tinha 20 anos, mas cara de 14; b) Callum MacPherson, dez minutos depois de ele ser expulso de casa pela esposa, de novo, devido aos hábitos noturnos nojentos; e c) Wullie MacIver.

– Fique tranquila, querida – disse a Sra. Bruce, acariciando seu braço num gesto maternal. – O homem certo vai aparecer, você sabe.

Lorna e Morag, que eram boas amigas, se entreolharam. Morag não dava a menor importância para os homens, mas conseguia segurar um bezerro bem grande no chão se ele estivesse precisando de uma limpeza nas orelhas.

– Bom, só espero que ele, ou ela, seja muito profissional – declarou Lorna, e percebeu que usou um tom meio afetado.

– Na verdade, se a pessoa for razoável está bom – afirmou Morag. – Entre razoável e ruim, já vai ser melhor do que o que temos no momento. Que foi? O que eu disse?

A Sra. Bruce apertou os lábios e saiu da loja. Ela não aceitava críticas àquele jovem adorável, o Dr. MacAllister. Morag e Lorna caíram na gargalhada.

Capítulo nove

Saif sabia que haveria um barco. Seu conhecimento geográfico da Grã-Bretanha era vago, mas esse fato era óbvio. Ele tinha feito várias provas, e então conseguira o posto. Seria enviado para uma ilha, onde ficaria pelo menos dois anos trabalhando.

Depois disso, algo mais aconteceria com ele, embora ninguém soubesse bem o quê.

Mas Saif não tinha parado para pensar em como seria estar num barco novamente.

O trem tinha sido incrível. Cercado por tanta... normalidade. Um burburinho rico de vozes, sotaques estranhos que Saif não conseguia entender. Percebeu que todos olhavam para ele. Sabia que se destacava. Seus sapatos eram inadequados, embora ele não soubesse bem por quê. Encontrou um lugar para sentar-se à janela e saboreou a sensação de viajar, de mover-se, sem esperar que alguém o barrasse e gritasse com ele.

Uma mulher de uniforme passou verificando as passagens, e Saif teve um momento de terror. Ia ser expulso do trem – ou pior? Entrou um pouco em pânico, procurando a passagem na carteira gasta. Mas a mulher olhou para o pedaço de papel laranja listrado só por um instante, sem interesse, e seguiu em frente. Então, o coração se acalmou e ele afrouxou o aperto na mochila preta.

Passou o resto da viagem olhando pela janela, chocado com a maravilha verdejante da Grã-Bretanha, os enormes campos abertos, alguns reluzindo num amarelo brilhante, e o peso intenso das nuvens cinzentas. Lá, o céu parecia muito mais próximo do que em sua terra natal, como se tudo fosse meio úmido. Era lindo, pensou ele, mas estranho.

Saif não avistou crianças brincando nas ruas das cidades pelas quais passou. Comprou um sanduíche caro no bufê e não conseguiu terminar de comê-lo. Pegou um livro de anatomia em inglês para ler, porém se cansou. Depois, com o talento de dormir onde precisasse adquirido com muito esforço, ele apagou.

Mas o barco... O barco era outra história.

Capítulo dez

Uma pequena multidão tinha se reunido no cais, incluindo um fotógrafo do *Oban Times*.

– Sério – dizia Flora, a amiga de Lorna que estava ali bisbilhotando, irritada por todas as pessoas estarem fazendo a mesma coisa. – Não tem mais nada para fazer em Mu... Nem responde.

Era sábado de manhã, e elas tinham combinado de tomar café juntas, mas avistaram a multidão na mureta do porto.

Muitas discussões sobre o assunto haviam surgido. Nem todas agradáveis, muitas foram acaloradas e todas terminaram com a certeza de que Mure precisava de um médico e de que ninguém mais queria se candidatar ao posto.

Era uma coisa estranha para se discutir num dia de primavera, quando o sol brilhava, as praias estavam douradas e cheias, e o vento do Atlântico era leve e fresco. Havia caranguejos e lagostins para pescar na água. Os cafés ao longo da orla faziam sucesso vendendo sorvete, e as tardes estavam começando a ficar mais longas. Em dias assim, parecia o paraíso. Não era tão difícil viver em um lugar tão lindo. Mesmo assim, parecia que ninguém queria ir morar lá.

Ele deveria chegar na barca de manhã cedo, mas nem sinal dele. O contramestre do barco não tinha nenhuma informação. Então, a multidão se dispersou, murmurando coisas que não eram lá muito gentis. No fim das contas, Flora e Lorna tiveram que fingir que estavam mesmo a caminho do café.

Capítulo onze

Saif nunca chorava. Não mais.

Mas, se conseguisse, teria chorado então.

Dissera a si mesmo que tinha um plano. Naquele momento, tinha uma chance de se estabelecer, de trabalhar. Depois disso, assim que juntasse um pouco de dinheiro, faria de tudo, tudo mesmo, para encontrar a família. Essa era sua promessa. E o trabalho pagava mais do que havia imaginado receber, mais do que seu pai jamais ganhara, até nos anos bons.

Mas o grande barco, balançando na água agitada... Saif estava entrando em colapso antes mesmo de embarcar.

Não conseguia continuar. Os homens gritaram, avisando que estavam partindo, mas ele simplesmente não conseguia. Bem ali, no finzinho de sua longa jornada, Saif não conseguia dar aquele passo.

Havia uma cafeteria fria e suja no terminal de balsas.

Saif comprou um copo de café com leite em pó horrível e se sentou, observado pelo dono da cafeteria.

Pronto, aquele era o teste final. Haviam comprado uma passagem para Saif. Ele não tinha mais nada, ganhara alguns ternos e só – tinham garantido isso. Se ele não chegasse, se não realizasse o trabalho que lhe deram, então não teria nada, já que estava num país estrangeiro. E, se ele desaparecesse e o encontrassem, seria o fim de tudo.

Haviam confiado nele por suas qualificações profissionais. Tinham sido gentis – distantes, mas gentis. Ofereceram-lhe uma vida quando seu próprio país não oferecia nada além de desespero e morte de ambos os lados – para ele, uma enorme vergonha.

Saif ficou sentado o dia todo no terminal de balsas, em meio ao vento, tentando fazer o copo de café durar o máximo possível e se convencer a se mexer, caminhar, seguir em frente. Mas não havia mais nenhum lugar aonde ir.

Ele olhou ao redor. Nuvens e raios reluzentes de sol se alternavam rapidamente no céu. Parecia que ele estava bem no limite do mundo. Não havia nada desde aquele lugar, passando pelas ilhas Faroé, até o Polo Norte. Saif tinha chegado ao fim da linha, meio que literalmente. Ele encarou o céu dançante.

A balsa chegou para a última travessia do dia. Era o turno da noite, que levava trabalhadores do continente, correspondências, suprimentos e jornais, se já não tivessem seguido viagem antes.

Saif a encarou, paralisado de medo, incapaz de se mexer, sentindo a respiração superficial e um aperto na garganta.

Chegou um homem: o capitão, de uniforme e chapéu. Saif se afundou num banco. As perguntas começariam. Ele estava no lugar errado, seria mandado embora. Indesejado, mais uma vez. Apertou a mochila, nervoso, e engoliu em seco.

– Oi – disse o homem.

Era alto e corado, de barba já meio grisalha. Seu sotaque era difícil de entender; Saif fez o melhor que pôde.

– Você é o refugiado?

Saif detestava aquela palavra. Ele era médico, sim. Era homem e sírio, embora tivesse crescido no Líbano. Mas "refugiado"... Era um rótulo de piedade, de escárnio, de alguém inferior a um ser humano, de alguém que era estranho.

Ele assentiu sem dizer nada.

Então, o capitão fez algo surpreendente. Sentou-se na cadeira de plástico grudada ao chão de frente para Saif.

Passou um tempo sem dizer nada. Saif olhou para o copo de plástico com aquele café horrível e quase congelado que tinha feito durar metade da tarde.

– Já sofri um naufrágio – disse o homem, por fim. – Incêndio na galé. O barco afundou mais rápido do que você pode imaginar. Pisquei e não tinha mais nada sólido debaixo dos meus pés. Nada. Também perdemos um bom homem.

Saif o encarou, o coração acelerando.

– Levei… levei um tempo para voltar a bordo – informou o capitão.

Ele pigarreou, meio rouco.

– Enfim. Quer dizer. Se você quiser…

Ele parou.

– A ilha precisa de um médico – disse em voz baixa. – Não tem seguran-ça. O velho, sério… Não confio nele nem para tratar uma verruga.

Ele encarou Saif.

– Você pode… se quiser, pode ficar na casa do leme comigo. É o lugar mais seguro para ficar. E mal dá para ver uma onda. Tipo, se você quiser, sabe.

Saif não sabia como responder. Era como se sua voz tivesse sumido com-pletamente. O capitão assentiu com rapidez e então se levantou para partir.

– A maré está virando – murmurou com voz rouca, parando à porta.

Houve um silêncio no prédio do terminal grande e vazio. Então, Saif pegou a mochila.

– Espera… por favor – conseguiu gaguejar.

O capitão se virou. Não disse nada, apenas assentiu, em silêncio, e seguiu em frente.

Capítulo doze

Ao anoitecer, a multidão curiosa da manhã tinha se dissipado. Estava esfriando, e o povo de Mure tomava o chá cedo. O sol tentava brilhar, mas o vento frio vinha do Ártico, açoitando os cumes brancos das ondas diante do pequeno porto rochoso.

Lorna apertou o casaco em torno de si e se preocupou com o pai e com todos os trabalhos escolares que deveria estar corrigindo. Enquanto caminhava com seu fox terrier branquinho, Milou, pela calçada, o vento soprava no focinho barbudo do cachorro.

Ela quase esbarrou em Ewan, o policial do continente que ia para Mure cuidar dos raros crimes da ilha. A maioria eram casos de adolescentes incendiando estábulos após criarem suas próprias bebidas alcoólicas. De vez em quando eram motoristas bêbados, embora em geral só machucassem a si mesmos ao baterem em arbustos. De resto, Ewan tagarelava na escola sobre segurança no trânsito e o perigo de se meter com estranhos. Para as crianças, era difícil entender que um estranho podia ser perigoso, pois a maioria das pessoas na ilha as conhecia, assim como conheciam seus pais, avós, bisavós e trisavós.

– Olá – cumprimentou Lorna.

Ela e Ewan Andersson tinham saído juntos em algumas ocasiões constrangedoras na adolescência. Tinha sido no tempo em que ela pegava a balsa para as aulas no ensino médio em Oban, e o rosto alegre dele a cumprimentava do outro lado do laboratório de química. Mas, naquele momento, não estavam constrangidos um com o outro. Ewan se casara, provavelmente por acaso, com Laura, que se sentava ao lado de Lorna na escola – eles se sentavam em ordem alfabética. Ele era um homem sensato e obstinado, nem muito criativo, nem romântico. De fato, era um perfeito policial de cidade pequena, cuja gentileza com garotos problemáticos e firmeza com visitantes que estacionavam mal o tinham tornado muito popular.

– E aí? O dia está meio parado.

Ewan se remexeu, incomodado, com o rádio na cintura, mesmo que talvez fosse inútil ali.

– É, pois é. Me pediram para vir receber o barco.

– Ah! – exclamou Lorna. – Ah, tá. Achei que ele não vinha.

– Bom, parece que vem.

– Que bom – respondeu Lorna, sincera.

Ela olhou para o horizonte, onde, balançando nas ondas, a balsa *CalMac* apareceu, abrindo caminho até eles com firmeza. Ela imaginou como o médico estaria se sentindo.

– Onde ele vai ficar?

– Ah, a Sra. Laird está aprontando a velha casa paroquial.

– Você tá brincando.

– Por quê? A casa está lá parada.

Mure não tinha conseguido manter seu próprio vigário; o último que ficara lá em período integral tinha ido embora fazia cinco anos. No momento, havia um vigário que percorria as ilhas e realizava uma missa a cada duas semanas. Era possível agendá-lo para casamentos e batizados, embora não houvesse muitos batizados ultimamente. Quando de fato aparecia, ele sempre aparentava estar incomodado, esgotado e com ar reprovador.

Em contraste, o avô devoto e amado de Lorna tinha sempre dito que ela devia encontrar "a parte falante das árvores, os livros nos riachos, sermões em pedras e o bem em tudo", citando Shakespeare. Ela sempre gostara mais disso do que de acordar para ir à igreja.

– Sim, mas ele não é muçulmano?

– Acho que não vai fazer diferença – falou Ewan, encarando-a com dureza. – Não imaginei que você fosse do grupo que acha que ele está vindo aqui para explodir a gente.

– Claro que não sou! – exclamou Lorna, o rosto corando um pouco. – É que é meio diferente, só isso.

– Acho que ele vai ficar contente por ter um teto sobre a cabeça. É o que acho, e, quando você está com fome, não importa muito quem te alimenta. É a mesma coisa quando a gente precisa de um médico.

– Seu bom samaritano – zombou Lorna, sorrindo, e Ewan sorriu também, alegre. – Então, por que você está aqui? – perguntou ela.

Ewan franziu o cenho.

– Só… só para garantir.

– O quê? Estavam esperando ter problemas?

Ewan olhou ao redor.

– Acho que sim, mas, tirando o Milou, acho que não vou ter muitos.

E, claro, Lorna notou um fotojornalista ainda aguardando, esperançoso. De jeito nenhum aquele seria o maior furo jornalístico do mundo.

– Milou não cria problema!

Diplomático, Ewan acariciou o cachorrinho empolgado, que logo plantou as patas lamacentas nas coxas do policial, abanando o rabo feito louco.

– Por que *você* está aqui?

– Vim passear com o cachorro – respondeu Lorna. – Acha que devo ficar e dizer oi? Ou seria estranho e constrangedor?

Ewan olhou para ela de modo piedoso. E Lorna lembrou que, mesmo que ele fosse ruim em química e tivesse um beijo muito desajeitado (embora na época eles só tivessem 15 anos), Ewan tinha um bom senso incomum, o que o havia colocado numa ótima posição.

– Aqui vai ser a casa dele – afirmou com delicadeza. – Então, sim, acho legal dar um oi.

Capítulo treze

O barco chegou devagar. Uma ou duas pessoas tinham se juntado a eles, recebendo amigos, parentes ou encomendas. Lorna tentou parecer acolhedora, amigável e não racista. Era uma expressão facial mais difícil do que se pode imaginar.

Ela avistou a Sra. Laird – que foi a faz-tudo do vigário e estava claramente segurando as chaves da casa paroquial – parada por perto e abriu um sorriso reconfortante para a senhora.

– Tomara que ele seja legal – comentou Lorna.

– Não ligo se é legal, contanto que dê um jeito nas minhas varizes – respondeu a Sra. Laird. Ela suspirou. – Sabe, ele não está trazendo família.

– Talvez não tenha família.

A Sra. Laird piscou, aturdida, e a encarou com um olhar estranho.

– Todo mundo tem família – declarou ela. – Acha que ele não tinha ninguém para trazer?

Lorna não havia de fato pensado no assunto desse modo. Ela passara quatro anos fazendo faculdade no continente e dois anos dando aula em Glasgow. Depois, tinha ficado tentada a voltar para casa, ou melhor, tinha se sentido culpada por causa do pai. Estava acostumada a ir aonde queria.

Todos saíram da barca, que foi embora, e não havia nenhum sinal dele. Então, a tripulação que terminava o expediente desembarcou. Por fim, o capitão saiu da casa do leme.

Caminhando ao lado dele, com um casaco que, ao mesmo tempo, parecia elegante e também pertencente a outra pessoa, estava um homem alto e curvado com cabelo preto farto. Seu rosto estava baixado, protegido do vento que soprava no porto.

Lorna o viu chegar devagar à terra firme e ficou pensando o que estaria passando pela cabeça daquele homem. O que acharia deles? Acharia que eram ocidentais imorais que exageravam na comida e na bebida? Que não entendiam o mundo? Daria anticoncepcionais para as jovens numa boa? Como era seu nível de inglês? Ele cuidaria do pai dela? O irmão dela, Iain, só voltaria da plataforma dali a dois meses, e ela estava começando a se preocupar com o pai mais uma vez.

Ewan e a Sra. Laird deram um passo à frente, Ewan com a mão estendida.

– Bem-vindo a Mure – disse ele.

O fotógrafo disparou o flash, o que fez o homem piscar, incomodado.

– Obrigado – respondeu ele, tão baixo que Lorna mal conseguiu ouvir. O sotaque dele era leve.

– Temos uma moradia para você! – anunciou a Sra. Laird.

O homem, pelo jeito, não entendeu bem. Então, Lorna disse:

– Casa. Tem uma casa para você.

Ele ergueu a cabeça. Sob a franja pesada, que precisava muito de um corte, ela avistou grandes olhos pretos, extremamente cautelosos e tristes, e olheiras escuras. Ele estava com a barba feita, mas os pelos já começavam a nascer.

– Obrigado.

Lorna abriu um sorriso alegre para o homem, mas ele estava cansado demais para retribuir.

Depois disso, todos ficaram ali se remexendo, nervosos. Era óbvio que ninguém o chamaria para ir ao bar. O capitão apertou a mão dele e voltou ao barco para fazer a travessia noturna até Harris. O sol desapareceu atrás de uma nuvem e a chuva começou a cair do nada.

A Sra. Laird disse:

– Vem comigo.

E o homem pegou sua mala. Lorna notou que nem era de rodinhas. Como alguém podia carregar uma mala por todo aquele caminho *sem rodinhas*? Ele segurava com firmeza uma mochila preta na outra mão, e começou a seguir a Sra. Laird, obediente, como uma criança.

Com aquela malinha e o ar de recém-chegado, ele estava parecendo o ursinho Paddington, pensou Lorna, mas não disse em voz alta. Em vez disso, enquanto o pequeno grupo se dispersava, ela falou:

– Tomara que você seja muito feliz aqui!

Ele se virou e olhou para ela como se aquilo fosse a coisa mais estúpida de todos os tempos, como se ninguém pudesse ser feliz ali, e Lorna se sentiu constrangida e um pouco ofendida ao mesmo tempo.

Então, Milou, que não estava nem aí, correu para dar uma olhada no recém-chegado.

De início, o homem estremeceu, e Lorna pensou: *Será que ele encontrou cachorros? Cães de guarda?*

Mas Milou continuou com as lambidas alegres, e, por fim, o homem relaxou um pouco. Num movimento rápido, ele deu uma coçadinha atrás da orelha do cachorro, só por um segundo, antes de se virar e seguir em frente.

Saif estava congelando. Por que as pessoas ficavam dizendo que o dia estava lindo? Não estava lindo coisa nenhuma. Ele se esforçava para pensar em inglês, tentando parar de traduzir as palavras na mente e pensar direto no idioma o tempo todo.

Não conseguia entender a pequenina mulher que tinha vasinhos visíveis nas bochechas. Ela andava pela casa fria e escura indicando coisas para ele que não faziam sentido.

Havia uma chaleira, com vários botões para apertar. Tudo – as cortinas pesadas, a colcha velha – parecia meio úmido ao toque. Ele pôs a mochila no chão e olhou ao redor. A Sra. Laird – *Pronuncie o "r" com força*, repetiu para si mesmo, *com força* – lhe ensinou a usar a cafeteira, como se tal coisa fosse um objeto exótico para ele. Mas não mostrou a torneira com misturador, que lhe era mesmo estranha.

Enquanto recuava até a porta, desajeitada, ela lhe desejou boa sorte e disse que poderia vir duas vezes por semana para fazer faxina, se ele quisesse.

Quando a senhora se foi, ele saiu andando e acendendo quantas lâmpadas conseguisse encontrar. Mas isso ainda não ajudou muito a espantar a melancolia. Então, abriu as cortinas – ainda estava claro lá fora, mesmo que fossem oito da noite. Ele não tinha percebido que escurecia tão tarde no norte. Um gramado aparado à perfeição ia até o fim de um pequeno declive e sumia num penhasco. Além dele, ficava o vasto oceano, com as montanhas do continente ao longe. O céu também era vasto, recém-lavado pela chuva.

Parecia ser o lugar mais distante do mundo.

Enfim. Antes de tudo, Saif precisava de um sinal de celular, que parecia não ter. E acesso à internet, que também parecia não ter. A única coisa que conseguira manter, mais ou menos, era seu número de celular. Recebera um número novo, britânico, mas precisava preservar o número antigo. Precisava.

Entre todos os benefícios de estar ali, naquela terra segura, fria e confortável, Saif não tinha a única coisa da qual precisava de verdade: um jeito de ser encontrado naquele momento em que se sentia tão perdido.

Capítulo catorze

– Você não parece NADA bem – declarou Lorna ao pai, irritada.

Ela passara na casa a caminho da escola para dar uma olhada nele. Desde que a mãe morrera devido a um câncer de mama, oito anos atrás, o pai tinha se entregado completamente. Lorna entendia, entendia mesmo. Percebia que, sem a mãe por perto para fazê-lo comer legumes e maneirar no uísque, não dava para esperar que ele fizesse tudo sozinho. E é claro que ele sentia saudade dela. Todos sentiam, mas o buraco na vida do pai era grande demais.

Várias senhoras gentis, muitas delas viúvas ou divorciadas, fizeram lasanhas para ele e deram a impressão de que ficariam bem contentes em ser a segunda Sra. MacLeod. Afinal, ele estava em boa forma depois de uma vida de trabalho duro e ainda tinha cabelo, o que o tornava um bom partido na ilhazinha.

Mas ele não estava nem um pouco interessado. Recusava-se a desistir do trabalho e, no resto do tempo, fosse dia ou noite, Lorna o encontrava diante da televisão, com o olhar perdido. Ele não demonstrava interesse em nada, a não ser, de vez em quando, após algumas doses de uísques, no álbum de casamento.

Lorna fora paciente, compreensiva, gentil, a melhor filha que conseguira ser.

Mas isso a estava enlouquecendo.

– O senhor dormiu nessa poltrona?

– Não me enche – pediu Angus.

– Não estou te enchendo. Fiz uma pergunta. Por que dormiu na poltrona?

– Peguei no sono. Minha cabeça estava doendo.

Lorna o encarou. A barba grisalha estava crescendo. Ele aparentava desleixo. O olhar parecia turvo, embora ele não tivesse bebido. (Ela verificava o nível da garrafa de uísque. Sentia-se culpada por isso, mas fazia mesmo assim.)

– Doendo quanto? Mais ou menos do que o normal?

Angus grunhiu. Lorna franziu o cenho.

– Vem – pediu ela, suspirando. Era mais uma coisa que a deixaria encrencada com a Associação de Pais e Mestres. – Vamos dar uma olhada no senhor.

Havia um alvoroço no consultório. Jeannie estava estressada.

Olhando mais de perto, dava para ver que era a Sra. Green, uma intrometida que irritava muita gente com seus comentários afiados. Ninguém gostava de sair de casa para ouvir alguém criticar seu jeito de dirigir, de pentear o cabelo ou de cuidar dos filhos. Nos seus momentos mais gentis, Lorna achava que a Sra. Green era solitária e que cada comunidade tinha uma pessoa daquelas. Nos momentos menos gentis, Lorna lembrava que a Sra. Green tinha um marido, uma casinha popular bem arrumadinha e uma vida perfeitamente boa, e que algumas pessoas nasciam assim e pronto.

– Não quero consulta com o médico novo – dizia a Sra. Green, em tom alto. – Não sou preconceituosa. Não sou nem um pouco racista. Só estou dizendo que a vida não vale nada lá onde ele morava, né? Isso é fato. Se ele já viu crianças morrerem, não vai ficar muito interessado no meu... Bom, é assunto íntimo. E ele fala inglês?

– Claro que ele fala inglês – respondeu Jeannie, como se já tivesse dito isso algumas vezes naquela manhã, e tinha mesmo. – Bom, a senhora pode esperar para falar com o Dr. MacAllister, mas já vou avisando que a espera pode durar muito.

A Sra. Green fungou.

– Sim. Não somos burros.

Por incrível que pareça, o rosto de Jeannie continuou inexpressivo. Ela desviou o olhar para Lorna com um pouquinho de pânico. Todo mundo estava ansioso.

– Hum, qualquer um – disse Lorna.

– Ótimo! – exclamou Jeannie, em alto e bom som. – Bem, *você* pode entrar na consulta agora mesmo.

– Como está indo? – sibilou Lorna.

– Todo mundo quer dar uma olhada – respondeu Jeannie. – Mas ninguém quer ser o primeiro.

– Ah, pelo amor de Deus. Ele é estrangeiro, não extraterrestre. Vai parecer que não somos acolhedores.

– Todo mundo é acolhedor até a hora de mostrar as partes íntimas.

– Eu não seria médica nem que me pagassem muito bem – afirmou Lorna, e não pela primeira vez.

– É, nem você, nem ninguém. Esse é o problema – rebateu Jeannie, com ênfase incomum.

Apesar do desprezo que sentia pelos outros pacientes, Lorna estava meio nervosa quando abriu a porta. A sala tinha sido aprontada bem depressa quando a notícia da chegada de um novo médico se espalhara. Havia sido do velho Dr. MacAllister, antes de ele ficar velho demais para trabalhar. Portanto, estava cheia de equipamentos antigos: um crânio de gesso com um mapa do cérebro humano, algumas bombas de sucção e tubos grossos que eram mais adequados a um consultório veterinário.

No entanto, estava imaculada e limpa, e, quando Lorna entrou, o Dr. Hassan estava de costas, ensaboando os braços. Ele usava uma camisa listrada elegante, mas um pouco grande para ele. Tinha ombros largos, um pouco curvados, e era muito magro, sobretudo para o padrão de Mure, onde as pessoas tendiam a ser mais robustas de tanto trabalhar nas fazendas. E estava precisando cortar o cabelo.

De forma educada, ela pigarreou, enquanto Angus se sentava na cadeira de plástico cinza. O médico se virou.

Capítulo quinze

Saif fez o possível para manter a calma.
    Ele não reconheceu a mulher de imediato, mas abriu um sorriso vago. Ali estava ele com o primeiro paciente. As provas que tivera que fazer passaram por sua mente, com as palavras inglesas que poderia precisar usar. Por favor, que ele desse o diagnóstico certo. Por favor, que conseguisse se comunicar. O modo como falavam ali era diferente de qualquer inglês que ele já tinha ouvido.
    – Por favor – pediu ele. – Sentem-se.
    Então, percebeu que, claro, o homem mais velho na sala já estava se sentando, e aquela deveria ser sua filha.
    – Oi.
    – Oi – respondeu a mulher, com um sorriso tenso.
    Ela parecia incomodada e constrangida. Bom, não era um bom começo, pensou Saif, coçando a parte de trás da cabeça. Sentiu a língua presa.
    – Qual é o problema?

Se não tivesse passado tanto tempo desde a última vez que tinha namorado, com certeza Lorna não teria reagido do jeito que reagiu. Ela se achava uma pessoa bem equilibrada em geral. Pelo menos, normalmente.
    Mas já fazia um tempo.
    Na verdade, um tempão.
    E aquilo não era nem um pouco normal.

Caramba.

Ela não tinha notado, quando avistara a figura curvada no dia anterior, o quanto ele era bonito. Agora, ele se virou e ela ficou paralisada.

Deixa de ser boba, disse a si mesma. Você é uma tonta, isolada nesta ilha onde só tem ovelhas, seu pai e umas criancinhas como companhia, então enlouqueceu de vez. Você precisa aceitar o conselho da Flora e ir se embebedar em Glasgow no fim de semana para ver no que dá.

Lorna arriscou outro olhar.

Nossa! Agora ela estava corando. Certo. Nada de olhar para ele. Que coisa horrível, ela estava se comportando como se tivesse 14 anos. Nunca passara por sua cabeça que ele podia ser... Ela mordeu a bochecha com força.

– Meu pai anda com... coisa na cabeça. Dor de cabeça – acrescentou, como uma boba desajeitada que mal conseguia falar.

Coisa na cabeça?, pensou Saif. Será que ela achava que ele era idiota? Que não era qualificado? Que não falava inglês?

– Coisa na cabeça? – repetiu ele, encarando-a para que ela soubesse que ele tinha entendido.

– Dor de cabeça – disse ela mais uma vez, envergonhada.

Saif percebeu que ela corou, e ficou envergonhado também. Era como se ele fosse um animal num zoológico e ela não tivesse esperado ouvi-lo falar.

– Estou bem aqui – declarou o homem sentado. – E estou bem.

– Não está, não, pai – afirmou a mulher, agachando-se ao lado dele e sem olhar para Saif. – Fala para o médico.

Saif se sentou e tentou adotar o comportamento simpático que os folhetos disseram que eram comuns aos médicos no Reino Unido. Suas mãos suavam.

– Bom, eu tenho dor de cabeça de vez em quando.

– Em algum momento específico do dia? – perguntou Saif.

– Hum, quase sempre é de manhã.

Saif assentiu.

– Tem cansaço? Vômitos?

– Tenho. Tenho. Estou cansado.

– É porque o senhor ainda trabalha um pouco. Na fazenda – disse a mulher, explicando a Saif.

– Bom, antes eu não ficava cansado – retrucou Angus.

– Antes você não tinha 70 anos! – exclamou ela.

Saif franziu o cenho um pouco, pois era bem daquele jeito que sua irmã falava com seu pai.

A mulher percebeu e corou de novo. Houve uma pausa.

– Tem tontura? – indagou Saif, fazendo anotações no caderno. Por enquanto, ele ia escrever; aprender a usar o sistema do computador ficaria para depois.

– Agora que o senhor falou… Tenho.

Saif sentiu um aperto no coração. Por que seu primeiro paciente não podia vir com uma daquelas queixas comuns que os médicos ouviam – insônia, ansiedade, hemorroidas ou viroses? Por que ele precisava pegar logo de primeira um caso que talvez fosse sério? Será que o acusariam de se preocupar demais se ele mandasse todo mundo para o hospital?

Ou achariam que ele não era apto se fizesse o contrário?

Ao menos, Saif percebeu que no fundo não estava pensando se pagar pelo tratamento seria demais para a família. Isso era novidade para ele, e algo extraordinário.

Além disso, precisaria ligar para o especialista do hospital mais próximo. Ainda não gostava de falar ao telefone, pois não confiava muito em sua fluência. Pessoalmente ia bem, mas as nuances se perdiam na linha telefônica. Talvez Jeannie pudesse ajudar. Ela era muito gentil.

Ele verificou os sinais vitais e a pressão arterial de Angus. Nada disso o deixou otimista.

– Vou mandar o senhor para o hospital – avisou ele. – Deixe eles darem uma olhada no senhor.

– Tem certeza? – indagou a mulher, em pânico.

Saif franziu o cenho. Será que as pessoas iam duvidar de tudo que ele dissesse por ser estrangeiro?

– Sim, tenho certeza – respondeu, sem rodeios. – Gostaria que eles examinassem seu pai.

A filha assentiu.

– Tá bom. O senhor pode marcar uma consulta para nós? Mandar uma carta falando disso?

Saif fez que não.

– Vou ligar para eles – explicou. – Quero que vá para lá agora. Imediatamente.

Seu tom era forte e nítido, e não admitia discussão.

Capítulo dezesseis

Para Lorna, o tom de voz do médico foi como uma mão fria apertando seu coração. Ela esperou enquanto Jeannie resolvia a burocracia. A recepcionista lhe deu um olhar solidário.

– Tenho certeza que não é nada. Os médicos novos são sempre supercuidadosos. Eu via isso o tempo inteiro no continente. Sério, vocês já vão estar em casa à tarde. Se eu fosse você, nem ligaria para Iain.

– Hum – respondeu Lorna. – Tomara que você esteja certa.

Não podia ter nada de errado com seu pai. Não podia. Não depois de tudo que tinham passado com a mãe. Ela temia o hospital do continente mais uma vez, com aquele cheiro estéril horrível e as esperas intermináveis sob o zumbido das lâmpadas fluorescentes.

– Sei que estou.

Houve uma pausa.

– Então, fora o fato de que ele estava meio nervoso, o que achou do nosso novo médico?

Por um segundo, Lorna não disse nada.

– Também achei! – exclamou Jeannie.

– O quê? Também achou o quê?

– Lindo, né?

– É que… ele não era o que eu esperava.

– Não estava esperando um gato maravilhoso?

– Não usa aliança – declarou Lorna.

Jeannie lhe lançou um olhar afiado.

– Hum.

49

– O que... quer dizer, ele falou do lugar de onde veio?

– Só passei uma hora conversando com ele, e a maior parte foi sobre blocos receituários.

– Ah – disse Lorna.

– E ele fica saindo para usar o computador e fazendo um fuzuê atrás do Wi-Fi.

– Ah. Então você não sabe nada dele?

– Acho que a gente não deveria perguntar essas coisas para ele – constatou Jeannie, com gentileza. – Né?

Lorna assentiu enquanto algo saía zumbindo da impressora.

– Aqui está sua carta para levar ao hospital – falou Jeannie, e acrescentou: – Boa sorte.

Capítulo dezessete

Demorou três semanas para Lorna ver Saif de novo.

Três semanas pavorosas e terríveis de muito sofrimento, enquanto ela e o pai iam de um lugar para outro.

Começou naquele momento sinistro e aterrorizante no primeiro dia, passando para dias de exame atrás de exame. Então, se viram sentados numa sala de hospital sombria com uma senhora gentil que olhou para os prontuários na mesa, para o computador à sua frente e para quase tudo ali antes de falar. Ela lhes disse, num tom de voz tão baixo que Lorna mal conseguia ouvir e Angus não ouvia mesmo, que, sim, havia um pequeno tumor cerebral ali. Era provável que pudesse ser tratado com radioterapia, mas precisavam de mais exames para ter certeza.

Os dois ficaram sentados, completamente estupefatos. Não conseguiram fazer nada além de dar um jeito de agradecer à médica e pedir desculpa por ocupar o tempo dela. Parecia que estavam congestionando seu consultório com problemas patéticos.

Foi só quando entraram no carro, prontos para pegar a longa estrada até a última balsa da tarde, que começaram a digerir a notícia. Angus se sentou na frente e deu um longo suspiro.

– Então, acho que já era.

Lorna olhou para ele.

– Claro que não! Ela disse que dá para tratar!

– Ela entregou um panfleto – respondeu Angus. – Isso sempre significa notícia ruim. Eles não imprimem panfletos para dar notícias boas.

– Isso não é verdade – resmungou Lorna.

– Só estou contente porque sua mãe não está aqui para ver – confessou Angus.

Lorna o olhou de cara feia.

– Não começa – ordenou ela. – Se começar a falar assim, dá no mesmo ir se afogar num tanque de uísque desde já. E aí, como é que a gente fica? Ou melhor, como é que eu fico?

Angus bufou.

– Não quero passar seis semanas vindo para cá a cada dois dias.

– Bom, a vida é passageira – declarou Lorna.

Estava irritada consigo mesma por ficar brava com o pai. Não era culpa dele. Um tumor cerebral, tinha murmurado a médica, não era culpa de ninguém. Acontecia e pronto. E aquele podia com certeza ser tratado. Fariam tudo que pudessem.

Que bênção é o feriado da Semana Santa. A Páscoa chegou tarde naquele ano, o que significava que a escola entrou em recesso ao mesmo tempo que os narcisos desabrochavam por completo. Os jacintos-silvestres ainda não tinham brotado. Crianças de suéter, cachecol e galochas corriam pelas vastas praias douradas sob o céu imenso, com as nuvens passando tão brancas quanto as cristas dançantes das ondas frias.

Mas, para Lorna, não significava nada além de preocupação.

Ela se deitava na cama à noite pensando que poderia ficar órfã. Tentava parecer alegre quando via o pai. Passava muitas horas em salas de espera idiotas, tentando bater papo quando não havia nada a dizer. Havia apenas terror puro por trás da conversa fiada, por trás da televisão estridente sobre suas cabeças. A televisão que não dava para trocar de canal nem desligar, mesmo quando eles eram as únicas pessoas na sala.

Houve conexões de viagem perdidas e quartos de hotel pelos quais não podiam pagar. Às vezes, tomavam o horário de outras pessoas, e por aí vai.

Como sempre, toda a comunidade de Mure se juntou para ajudá-los. Pratos de comida apareciam na porta deles todo dia. A roupa suja simplesmente desaparecia e reaparecia limpa (Angus nunca na vida trancara a porta da frente de casa).

Na escola, a Sra. Collins assumiu grande parte das tarefas burocráticas de Lorna. Os trabalhadores da fazenda chegavam e ficavam por perto, procurando, desesperados, fazer alguma coisa para ajudar Angus, o antigo chefe.

Mas ninguém podia ajudar Lorna com o que importava de verdade: seu emocional.

Após três semanas, ela desmoronou. Aquilo não podia continuar. Passava a maior parte do tempo chorando. Seu irmão, Iain, só voltaria da plataforma dali a dois meses. Não podia continuar fazendo aquilo sozinha se pretendia voltar à escola.

Ela foi procurar médico de novo, dessa vez sozinha.

Lorna tinha pensado bastante em Saif. Tentou dizer a si mesma que só estava imaginando como ele andava se virando. Mas, toda vez que uma parte da documentação infinita chegava do hospital, ela via o nome dele. Lorna gostava de ver esse nome.

Mas isso era só de vez em quando. Andava muito ocupada com tudo, preocupada demais para pensar em qualquer coisa. Não tivera oportunidade de tomar um café nem uma taça de vinho com Jeannie para ouvir as fofocas, mesmo que elas precisassem muito botar o assunto em dia.

Ela havia se mudado de volta para a casa da fazenda. É óbvio. O que mais podia fazer? Toda noite, Lorna ajudava o pai a ir para a cama. (Ele não devia tomar uísque com analgésicos, mas, como ressaltou, tinha mais de 70 anos, o que devia ser uma boa desculpa, não?) Depois, ela não conseguia dormir. A velha casa rangia por causa das ripas de madeira nas paredes grossas de pedra. Os animais nos currais do lado de fora se remexiam e berravam. Angus, claro, acordava às cinco horas da manhã – o hábito de toda uma vida. Ela então também acordava, mas tinha sorte se conseguia dormir antes das duas ou três horas, e às vezes nem dormia.

Lorna sabia que sua aparência estava horrível. Seu cabelo precisava de um corte. Em geral, ela encontrava tempo para cortar em Oban. Não era um desrespeito a Phyllis Weir, a cabeleireira local. Phyllis viajava pela ilha lavando e arrumando o cabelo das idosas e era ótima para fofocar e tomar uma xícara de chá. Mas ela não entendia se alguém pedisse mechas, efeito natural ou o cabelo da Jennifer Aniston.

Lorna estava com olheiras enormes e não conseguia fazer quase nada sem chorar. Apesar da ajuda da Sra. Collins, a burocracia do novo semestre ainda dava muito trabalho. Além disso, era o período de verão, o que significava que havia muitas excursões escolares, passeios e shows. Ela não tinha tocado nem em um único documento tratando daquilo. Quando tentava dar uma olhada, as palavras ficavam borradas na frente dos olhos.

Ela lembrou que precisava pegar uma pomada especial para seu pai, que ficara com queimaduras em decorrência da radioterapia, e que o leite tinha acabado. Precisava fazer uma reunião importante com o administrador da fazenda de Angus. Havia contas se empilhando na caixa de correio.

Lorna não conseguia dar conta de tudo, mesmo com toda a ajuda que recebia. Não conseguia. Estava completamente esgotada. E, se alguma vez isso já aconteceu com você, então sabe o quanto é difícil fazer mais do que apenas o básico do básico.

Capítulo dezoito

– Próximo? – chamou Saif, entediado, olhando de relance para o computador.

Já sabia usar o sistema, ler anotações e agendar as consultas on-line. Era um receituário ambulante. As pessoas tentavam ser alegres e acolhedoras – bem, a maioria –, mas ele não tinha nenhum interesse nelas. Só queria olhar diariamente as listas das instituições de caridade: Médicos Sem Fronteiras, Cruz Vermelha, Save the Children. Qualquer lugar em que publicassem listas, qualquer lugar mesmo. Saif estava só esperando e esperando.

No que dizia respeito à cidade, as pessoas eram amigáveis, mas não se intrometiam. Era o jeito ilhéu de ser. As conversas não paravam toda vez que ele entrava numa loja ou na agência de correios… Bem, às vezes paravam. Mas a vida social ali parecia girar em torno do bar ou da igreja, que não tinham nada a ver com ele. Seus pensamentos não acompanhavam as pessoas de que cuidava, embora as tratasse com o maior zelo possível. Elas também percebiam que Saif não sentia estar no lugar onde deveria estar; que, na verdade, nem queria estar ali. Era um problema que ele não se achava capaz de resolver: a solidão.

Tinha começado a fazer caminhadas longas. Primeiro, sentir frio o deixara triste, relembrando-o de tantos dias e noites longas de sono interrompido. Naquele momento, quando o tempo estava bom, Saif gostava das manhãs rosadas e frescas, do céu vasto. Lá, as estrelas ficavam mais distantes, mas ainda era possível vê-las. Não era como nas cidades, onde havia muitas luzes artificiais.

E as praias? Ele nunca tinha visto praias como aquelas. Iam longe, a areia fria, branca e rosa-claro, por quilômetros e quilômetros, vazias. Não havia ninguém lá. Um lugar no fim do mundo sem ninguém. *Por quê?*, pegou-se perguntando. Por que todo mundo não estava ali? Por que não podiam levar todos para morar naquele lugar seguro, tranquilo e estável? E não só os úteis, como ele.

Mas Saif não podia reclamar. Assim que descobriram que ele era de fato um médico normal e que queria ser deixado em paz, fizeram exatamente isso. E estavam contentes por ele ter aceitado receitar antibióticos. Com as preocupações que tinha, Saif não ligava muito para a ética de prescrever antibióticos demais. Mas não sabia cozinhar, o que era um problema. Ele sabia que a Sra. Laird ficaria feliz em cozinhar para ele todo dia, mas achava a *cottage pie* e os cozidos dela muito sem gosto e não sabia ao certo se ela sempre lembrava que ele não comia carne de porco. Saif tinha que comer algo, porém.

Ele piscou, despertando dos pensamentos.

– Hum, oi?

Ele não reconheceu a jovem sentada à sua frente.

– Oi de novo – disse ela.

Saif sorriu, um pouco tímido. Claro que ele sabia que se destacava, mas também tinha o fato de que todo mundo na ilha conhecia todo mundo, então, alguém saber quem ele era não era nada de mais. Já tinha sido assim em Damasco; por algum motivo, a sensação era familiar. Ele achava que era bom sentir que estava onde devia estar.

– Como posso ajudar?

– Hum… – falou ela.

Saif olhou para o computador. Lorna. Lorna MacLeod, um dos nomes mais fáceis de pronunciar. Ele já tivera grandes problemas com Eilidh, Euan, Teurlach e Mhairi.

– Bom, ando com dificuldade para dormir.

Saif a encarou. Ele não dormia mais de três horas por noite havia mais de um ano e meio. Seu celular estava sempre piscando, sempre brilhando, mesmo quando ele não conseguia sinal.

– Uhum – respondeu ele.

– Estou sob muita pressão com meu pai.

Ela pronunciava "paaai". Ele estava começando a entender o ritmo do sotaque cantado local. Percebia como as palavras se prolongavam e tinham uma cadência incomum. Mas, na primeira vez que ouviu falarem gaélico na sala de espera, precisou parar e pensar para perceber que era um idioma diferente, não era seu conhecimento de inglês falhando. O próprio Saif não sabia, mas tinha começado a absorver um pouco da cadência.

– Sim – replicou ele.

– E com meu trabalho e a fazenda... Estou me sentindo meio sobrecarregada.

Eles se entreolharam. Lorna tinha esperança de que, a partir dali, ele assumisse as rédeas como médico. Saif, porém, ficou confuso com o que ela queria.

– Hum, e o que mais? – perguntou ele.

– E imaginei se você podia ajudar.

– Sou médico.

– Eu sei, mas imaginei que talvez pudesse... me ajudar a dormir ou algo assim.

– Mas eu ajudo se tiver algo errado com você.

Lorna sentiu os olhos marejarem.

– Bom, é claro que tem algo errado comigo.

Foi então que Saif se lembrou dela. Ele se inclinou para a frente.

– Entendo. Seu pai está doente, não é?

Lorna assentiu.

– Está em tratamento. E tenho que fazer tudo. E sinto que não estou conseguindo dar conta.

Saif piscou, aturdido, e Lorna não conseguiu evitar olhar para os cílios longos dele. Então, se sentiu culpada por encará-lo, mas ele não percebeu.

– Bem – disse ele, erguendo o olhar. – Você tem que dar conta.

– Como é que é? – perguntou Lorna, confusa.

– Você tem algo difícil a fazer.

– Tenho.

– Muitas pessoas têm coisas difíceis a fazer.

Houve uma pausa enquanto Lorna tentava entender o que ele dizia.

– Quer dizer... que você não vai me dar nada para ajudar a dormir?

– A que horas você se deita?

– Às onze, em geral. Mas só fico lá deitada pensando, com mil coisas na cabeça.

– Vá se deitar às nove – falou Saif.

Lorna o encarou, horrorizada.

– Esse é seu conselho? Mas, se não consigo dormir às onze, como é que vou conseguir dormir às nove?

Saif deu de ombros.

– Tendo uma boa rotina. Talvez se exercitando mais.

Lorna ficou vermelha.

– Passo O DIA INTEIRO NO CARRO LEVANDO MEU PAI PARA O HOSPITAL! – gritou ela.

Do lado de fora, a sala de espera ficou em silêncio.

– Não – declarou Saif. – Lamento muito. Seria errado. Remédios não são a solução para você.

Houve mais uma pausa. Lorna estava tão irritada que seu coração martelava no peito. Ela queria muito gritar com ele de novo.

Saif se inclinou para a frente.

– Você está infeliz – declarou ele, num tom que deveria ser amigável, mas saiu meio ríspido enquanto procurava exatamente as palavras certas. – Porque coisas tristes estão acontecendo na sua vida. Como os remédios ajudam nisso? Você está triste. Sinta a tristeza. Se você viesse aqui e dissesse: "Tudo na minha vida está perfeito e maravilhoso, mas mesmo assim todo dia é horrível", então, sim, teríamos um problema. Mas você está preocupada com seu pai. É um sentimento normal. Você está triste porque tem que fazer muita coisa para ajudar ele. Também é um sentimento normal. Então, quando ele melhorar, sua tristeza vai passar. Isso é a vida normal, entende?

– Só. Preciso. De. Algo. Para. Me. Ajudar. A. Dormir.

Ele fez que não.

– Não. Acredita em mim. Você está normal. Se você tomar remédio para te ajudar a dormir, então sempre vai precisar tomar remédios para dormir, mesmo que esteja tudo bem. Mesmo que seja normal sentir o que você sente. Tristeza não é doença.

Lorna piscou, aturdida.

– Como é que você sabe?

Houve um longo silêncio.

– Pode acreditar. Eu sei.

– Então não vai me dar nada? – Ela parecia a ponto de chorar.

Saif digitou no computador e olhou os resultados dos exames do pai dela no hospital.

– É – disse ele. – Estou vendo o que está acontecendo com seu pai e como ele está reagindo ao tratamento. – Ele a encarou. – Acho que você não deve desistir de ter esperança. Tenho esperança para te dar.

Ela se levantou, completamente furiosa. Ele queria pedir desculpa, mas não sabia como.

– Obrigada – falou ela, rígida.

Saif tinha aprendido, sem dúvida, que isso era o que as pessoas britânicas diziam quando queriam sair de perto de você.

Ele assentiu e ficou olhando enquanto ela saía.

Capítulo dezenove

Levou mais várias semanas – e várias noites em claro xingando Saif – até a insônia de Lorna finalmente começar a passar. Durante essas semanas, ela quase adormeceu enquanto dirigia e chorava por tudo. Chorava por causa de um coelho atropelado na estrada e por causa de uma gaivota morta, mesmo que sentisse pelas gaivotas a mesma coisa que as pessoas que não moram numa ilha sentiam pelos ratos. Ela estava desastrada, atrasada com as tarefas burocráticas do trabalho e passava metade do tempo se sentindo doente e perdida. Se pelo menos aquele médico inútil a tivesse ajudado!

Por fim, conforme as noites continuaram a ficar cada vez mais curtas, ela começou a dormir de novo. Quando o vento vindo do Atlântico Norte ficou leve e aconchegante, em vez de frio e cortante, ela enfim descobriu que ir se deitar o mais cedo possível ajudava. De fato, ia se deitar assim que dava a última dose da medicação ao pai (a qual pensou em roubar, mas então, com um suspiro, decidiu não fazer isso).

Era irritante pensar que aquele médico idiota estava certo – e ela estava irritada consigo mesma. Fora se consultar com ele, tentando ser muito amigável, e ele tinha sido brusco e crítico, igual a um médico de verdade. Fora difícil fazer aquele pedido e a recusa tinha sido bem firme.

Mas, por algum motivo, Lorna não o havia desafiado nem dado uma passada no Dr. MacAllister (um famoso coração mole) para pedir uma segunda opinião. Tinha aceitado o conselho.

E ele dissera a verdade sobre o pai dela. O tumor parecia mesmo estar regredindo. Era horrível, e o tratamento parecia estar durando uma eternidade, mas estava servindo para alguma coisa.

Lorna ia se deitar bem cedo. É, tá bom, *essa* parte tinha sido útil. Era bem irritante. Mas significava que, quando ela ia se deitar, tinha três horas completas para adormecer. A luz ainda entrava pelas cortinas e isso provocava um efeito tranquilizador nela, acalmando de forma gradual a vontade de remexer-se na cama. Mas também significava, pensou ela, contrariada, que não tinha nem um segundo para si mesma a noite toda. Precisava fazer o jantar, já que, se deixasse por conta do pai, ele fritaria qualquer coisa e serviria com feijão.

Claro que Lorna acordava muito cedo, mas o curioso era que isso não a incomodava tanto. Usava o tempo para caminhar com Milou – e Lowith, um dos velhos cães pastores do pai. Como fazendeiro, ele não gostava muito de ter animais de estimação, mas nunca se livrava de um cachorro que estava velho demais para trabalhar. Em vez disso, deixava-os perambular pelo estábulo e dormir ao lado do velho forno Aga na cozinha se fizesse frio à noite. Lorna o acusava de ser mole, e ele resmungava, irritado, e acariciava o velho cachorro com delicadeza. Fazer um pouco mais de exercício estava ajudando Lorna a espairecer e se cansar um pouco. Era outra coisa sobre a qual aquele médico idiota estava certo.

Naquela manhã, ela cobriu os cachos rebeldes com uma boina – ainda não estava tão quente àquela hora do dia –, vestiu uma jaqueta enorme e velha, tão velha que ninguém conseguia lembrar a quem tinha pertencido primeiro, e saiu na manhã fresca, sentindo que era a única pessoa acordada no mundo.

Lá fora, estava um dia maravilhosamente claro e luminoso. O sol prometia calor, iluminando o céu de ponta a ponta num azul-claro que se misturava com o vasto branco da praia infinita abaixo da fazenda. Montinhos de algas marinhas ondulavam com leveza, mas a maior parte da praia estava completamente imaculada, como se tivesse sido criada para um estúdio cinematográfico. Ela conseguia ver outro cachorro a quilômetros de distância, fazendo festa para o dono. Fora isso, estavam sozinhos àquela hora do dia, mesmo num lugar onde as pessoas acordavam cedo.

– Milou! Lowith! – gritou ela, como fazia toda manhã, numa tentativa infrutífera de impedi-los de correr para as ondas.

Eles se esparramavam na água, felizes, o máximo que seus velhos ossos deixavam. Depois, voltavam cambaleando, com jeito de culpados, pingando água por toda parte, enquanto ela lhes dizia que não poderiam mais ficar na cozinha.

Lorna inspirou o ar limpo da manhã. O gosto era doce e fresco. Ela gritou para os cachorros, que, claro, a ignoraram. Então, deixou-os em paz e apenas passeou, animada, sentindo a brisa fria no rosto. Ficou encantada, como sempre, com o azul-turquesa brilhante da água. Achava que era mais limpa do que em qualquer lugar do mundo.

Lorna caminhou bastante. Ficou fascinada com as ondas e com os tons límpidos de verde, que pareciam mudar a todo instante. Teve uma sensação estranha que não reconheceu de primeira. Então, aos poucos, percebeu que era gostoso sentir os salpicos salgados na pele. Por fim, deu-se conta de que o que sentia era bem-estar, tranquilidade.

Estava se sentindo calma. Estava dormindo de novo. Estava, aos poucos, se recuperando. Bom, havia um longo caminho pela frente, mas, com certeza, Lorna se sentia melhor.

Ainda estava bem frio, mas o sol a aquecia um pouco, e Lorna arriscou tirar os sapatos e as meias. Foi bom sentir a areia clara sob os pés. Ela caminhou até as ondas. De repente, os cachorros se viraram para saltitar até ela, esperando que se juntasse a eles para brincar.

Lorna pulou bem por cima da espuma branca à beira da areia pura, afundando até os tornozelos. Então, urrou. A água estava absurdamente gelada, como se seus pés estivessem numa tigela de gelo.

– Ai! – gritou ela enquanto os cachorros abanavam o rabo. – Seus mentirosos! Vocês disseram que estava boa!

Ela os perseguiu, espirrou a água limpa neles e riu enquanto saltitavam ao seu redor. Seus pés estavam ficando azuis de frio, mas o sol esquentava sua nuca e seus ombros conforme ela corria para cima e para baixo na margem.

Lorna mal notou outro cachorro se juntando a eles. Então, reconheceu a bola de pelo, em geral calma, que era o terrier escocês mimado da Sra. Laird e se virou para dizer oi.

Ele estava bem mais perto do que ela esperava. Na verdade, estava parado bem ali, deixando-a muito envergonhada por tê-la visto pulando, quase dançando, quando ela achava que estava sozinha.

– Ah, nossa! – exclamou ela. – Hum. Dr. Hassan. Oi.

Ele mal se virou para olhá-la, o que só a fez se sentir pior. Os grandes olhos castanhos dele estavam fixos no horizonte.

– Olá – disse ele. – Desculpa. Estava caminhando com o cachorro da Sra. Laird.

Só que não, pensou Lorna. Estava parado, encarando o mar.

– Está esperando alguém? – perguntou ela, de brincadeira, e logo desejou não ter perguntado.

– Estou – respondeu Saif. Parecia constrangido, como se tivesse dito algo que não deveria.

Houve outro daqueles silêncios embaraçosos.

– Então, como vai? – indagou ele. – Parece estar melhor.

Lorna mordeu o lábio. Ficou irritada com ele por ter notado.

– Hum. Estou bem – respondeu ela.

– Sabe, se você toma remédios para dormir, eles te deixam... Qual é a palavra? Grogue. Te deixam muito grogue de manhã.

– Você não está trabalhando – declarou Lorna, de repente, meio sorrindo para o médico. Ele parecia tão sério parado ali. – Vem – disse ela. – O dia está lindo. Vem para a água.

Confuso, ele piscou sob a luz do sol.

– Está falando sério?

– Está uma delícia!

Ela tentou chutar algumas gotas na direção dele. Ele saltou para trás, e Lorna temeu tê-lo chateado de alguma forma curiosa.

Então, aconteceu a coisa mais surpreendente: ele riu.

– Está... está GELADA! – exclamou o médico.

– Você deve ser muito mole – disse ela.

Ele sorriu de novo. Lorna nunca o tinha visto sorrir; achara que ele era incapaz disso.

Quando ela se deu conta, ele havia tirado as botas que usava e corrido direto para as ondas frias.

Saif não sabia direito o que estava fazendo. Foi o rosto sorridente dela. Foi a descoberta de que alguém tinha mesmo aceitado seu conselho e que tinha funcionado. Foi o calor fresco do começo do verão no ar. Foi a sensação, vinda do nada, de renovação do mundo.

Não era assim no lugar onde ele crescera. Havia plantas carregadas de flores no fim do verão. Muitas, como as buganvílias, enchiam os pátios de cor. E, claro, havia as laranjas e os limões. Mas não aquele verde que tomava a terra gradualmente, aquela transição da ilha antes estéril, selvagem e estranha. A cada dia os tons ficavam mais escuros e suaves. De início, ele mal notara as novas folhas, a grama começando a espetar os sapatos. O mundo tinha despertado sem que ele notasse.

Parte dele detestava a mudança de estação, que era muito marcada ali. A luz era impressionante. Ele se sentia ainda mais distante à medida que as tardes se prolongavam. O tempo o estava empurrando para a frente com pressa, afastando-o de tudo que conhecia. Mas Saif não conseguia se chatear com isso num dia como aquele, com uma garota sorridente saltitando na água. Não queria ser tão melancólico o tempo todo. Tinha adorado crescer em Beirute, multicultural e relaxada, com todos os perigos que havia. Tinha adorado o tempo que passara na faculdade de medicina. Tinha se casado por amor e voltado para se estabelecer em Damasco, sonolenta e devota, a terra de seus antepassados. E depois…

Ah, como sentia saudade do homem que fora um dia.

No momento, via-se saltitando na água gelada, a milhares de quilômetros de casa, sorrindo e tentando evitar três cachorros ofegantes. Jogou água em Lorna, contente por vê-la ao ar livre, parecendo estar milhões de vezes melhor do que estivera no consultório. Ela jogou água de volta, mal sentindo o frio conforme o sol às suas costas subia no céu e prometia um daqueles dias lindos. Ela conseguiu encharcá-lo, ele gritou, rindo, e os dois pararam.

Lorna percebeu que estava sem fôlego.

– Me desculpa – pediu ela. – Não deu para resistir.

– Você não está nem um pouco arrependida – declarou ele, torcendo os lábios. – Isso é uma tradição das ilhas?

– Considere-se batizado – respondeu Lorna, e parou, saindo da água. – Hã, desculpa.

Saif balançou a cabeça.

– Não se preocupe, Srta. MacLeod – falou ele. – Sou de Damasco. Somos praticamente pagãos.

Ele sacudiu o cabelo, tirando um pouco de água.

– A senhorita parece bem melhor mesmo – afirmou ele, olhando para ela, cujas bochechas estavam rosadas.

– Você também – rebateu Lorna, atrevida, e o viu ficar surpreso.

– Libero a senhorita de ser minha paciente – disse ele.

– Obrigada. E pode me chamar de Lorna.

– Saif – replicou ele, muito sério, e ela sorriu.

Então, do nada, ele voltou a observar o horizonte, e foi como se as portas se fechassem. Naquele momento, ela entendeu. Ele não estava caminhando. Estava mesmo esperando.

Voltaram devagar pela areia macia e branca, não exatamente juntos.

– Sua família... – começou ela.

Mas ele a interrompeu com um meneio rápido da cabeça. Houve um silêncio.

– Bom, melhor eu ir – anunciou ela. – Vou preparar o café da manhã do meu pai.

– Foi bom ver você – respondeu ele. – Se bem que agora vou ficar com pleurite.

– Você pode sarar não fazendo nada e indo se deitar às nove da noite – declarou Lorna, atrevida.

– Hum – murmurou ele, curvando a boca num leve sorriso.

Saíram em direções opostas, enquanto os cachorros demoraram um pouco mais para se despedir.

Capítulo vinte

Depois daquilo, era surpreendente o número de manhãs em que eles se encontravam e, às vezes, nadavam. Mas apenas quando não chovia. Lorna não se importava com o tempo, mas Saif ainda não gostava da chuva constante e tendia a ficar afastado. Eles conversavam um pouco, sobre assuntos diversos. Lorna falava muito de Mure, de como era a ilha, e lhe ensinou um pouco de gaélico, o que pegou os pacientes de surpresa.

Saif não falava muito. Ou melhor, percebeu o quanto tinha sentido falta de uma amizade simples, e era um bom ouvinte. Tinha interesse no que ela dizia, e respondia de acordo. Mas não contava nada sobre como chegara ali nem como tinha sido a jornada. Falava um pouco de Damasco, das praças bonitas e dos jantares tarde da noite – ele achava estranho que o pequeno restaurante no porto parasse de servir às oito horas. Estava acostumado a jantar às onze. Também gostava de falar do tempo em que fora um estudante despreocupado em Beirute.

No entanto, não mencionava ninguém: nem pais, nem irmãos ou irmãs, nem esposa. Não usava aliança, mas Lorna sabia que isso não significava nada.

Os encontros duravam uma hora, eram bem no começo do dia corrido deles. O único momento no qual, para um médico e uma professora, não havia um milhão de solicitações de seu tempo e sua atenção. Um momento em que não havia pais irritados e exigentes, colegas sobrecarregados, pacientes que estavam muito doentes ou preocupados. Era um simples momento de folga, longe da correria de tudo que acontecia na vida. Somente o céu limpo e as garças enfiando o longo pescoço na água. Certa manhã, um grupo de focas gordas apareceu para tomar banho de sol à beira do porto.

Para Lorna, era um lugar para respirar, fazer uma pausa; um pedacinho do paraíso. Era só isso, dizia a si mesma, firme. Mesmo nas manhãs em que não sabia ao certo se acreditava em si mesma.

Capítulo vinte e um

– Claro que você está caidinha – disse Flora, a melhor amiga de Lorna.

Estavam sentadas ao balcão aconchegante do Recanto do Porto, um bar de madeira antigo que ficava ao lado dos barcos de pesca. O lugar ainda cheirava a água salgada e tabaco para cachimbo uma década depois da proibição do fumo.

– Não estou caidinha – respondeu Lorna. – Só estou sendo simpática.

Sua amiga apenas a encarou por um tempo. Flora percebia as coisas bem rápido, já que vivera em Londres por sete anos antes de voltar para casa, e se achava bem escolada.

– Simpática como uma raposa – falou ela.

– Não é nada disso – rebateu Lorna.

E não era mesmo. Era? Ela e Saif conversavam sobre coisas triviais. Ou melhor, ela falava na maior parte do tempo, e ele parecia contente em ouvir.

– Então ele é um médico bonito, caladão e tal? – indagou Flora. – Espero que saiba que isso parece invenção.

– Não sei se ele entende metade do que estou dizendo – declarou Lorna. – Mas só preciso conversar com alguém. Entende o que quero dizer?

– Pode conversar comigo – disse Flora, que tinha os próprios problemas.

– Bom, não posso, né? Assim que eu puser o pé na sua casa, vão me atropelar, gritar comigo ou me botar para trabalhar.

– As coisas lá estão meio corridas – falou Flora.

Houve um silêncio enquanto elas davam um gole no que o Recanto do Porto chamava de cappuccino. Lorna esperou que Flora dissesse o quanto o café de Londres era melhor, o que a amiga de fato fez, e continuaram a conversa.

– Então, você... você *gosta* dele?

– Não tenho 12 anos! – exclamou Lorna, irritada.

– Quer dizer então que gosta.

– Não gosto, não!

– Gosta, sim!

Lorna balançou a cabeça com força.

– Bom, também, não importa. Ele não... não fala nada da família. Talvez tenha uma esposa em algum lugar.

– Talvez não.

– Filhos... Quem sabe?

– Você poderia perguntar.

– Não quero.

– Porque está muito a fim dele.

– Não quero falar disso.

– Uiiiii!

Capítulo vinte e dois

Ele sabia que podia perguntar a Lorna. Ela talvez conhecesse alguém ou fosse capaz de descobrir algo… ou quem sabe apenas fosse um alívio contar para ela. Ela era tão gentil, tão atenciosa. Mas, de forma egoísta, ele estimava o que vinha fazendo havia dias. Valorizava o inferno pelo qual passava todo dia. A Cruz Vermelha não tinha nenhuma notícia. Os Médicos Sem Fronteiras também não. Era como se eles nunca tivessem estado lá. Como se a existência deles tivesse sido apagada. E Saif se recusava a acreditar nisso.

Conversava o tempo todo com grupos de voluntários, com consulados, com qualquer amigo que ainda estivesse lá com algum tipo de acesso a um telefone, embora houvesse cada vez menos aparelhos. Era raro alguém que conseguisse uma saída continuar lá. Ele sabia que, se alguma coisa pudesse ser feita, a notícia apareceria em seu celular primeiro, se fosse aparecer.

E mesmo que, por algum milagre, eles chegassem à Escócia sem dizer a Saif, sem que alguém soubesse que ele tinha sido encontrado, pegariam a balsa vindo de Oban como todo mundo, e a balsa chegaria no horário em que chegava todo santo dia. De que outra maneira alguém cruzaria um mar tão perigoso? Não era possível.

Saif sabia que Jeannie e os outros da vila o consideravam estranho e rude, embora ele só achasse que estava sendo organizado. Não saía por aí e não batia papo. Com certeza, não. Também não gostava do café instantâneo que Jeannie fazia para ele, mesmo que ela o fizesse por gentileza.

Estava sendo egoísta ao não contar para Lorna de seu passado, sua vida. Aqueles momentos de manhã eram a única hora do dia em que ele se sentia uma pessoa normal.

Capítulo vinte e três

– Você vai!

Saif não estava prestando muita atenção, mas se virou ao escutar isso. A pequena onda de calor tinha pegado todo mundo de surpresa, mas era perfeita, pois a areia branca e macia estava aquecida sob os pés descalços. Os turistas ainda não haviam tido a chance de correr para as praias, nem de sair de férias. Parecia um presente o sol estar tão quente antes do início oficial do verão.

Os cachorros não gostavam nem um pouco disso. Ficavam na água ou ofegavam na sombra. Vinham de gerações de cachorros resistentes e robustos, que conseguiam dormir sob uma nevasca.

– O quê? – perguntou ele.

Lorna usava uma blusa listrada de manga e calça jeans curta. Era sábado de manhã. Na noite anterior, tinha passado várias horas corrigindo provas, com a esperança de conseguir tirar o fim de semana de folga. Seu pai estava perto do fim do tratamento e andava com sono. Lorna esperava que fosse um sinal de melhora. Toda vez que os animais da fazenda ficavam doentes, dormir era a melhor coisa para eles.

Então, naquela manhã, ela estava desocupada, sentindo a alegria de um dia livre, sem correção de provas, consultas em hospitais ou muitas tarefas. E, naquela noite, haveria a *ceilidh* da vila, a festa com dança gaélica que acontecia uma vez por mês e à qual todos precisavam comparecer. Na verdade, não havia opção. Ollie, o veterinário, dançava com a velha Sra. Kelpie, da doceria. O policial, Ewan, garantia que todo mundo chegaria em casa, mais ou menos, depois. E a banda era incrível.

– Vou aonde?

– É a dança de maio! – exclamou Lorna.

Mas o rosto dele continuou inexpressivo.

– Dança. Você sabe dançar, né?

Saif franziu o cenho.

– Não.

– Bom, todo mundo tem que ir. A festa ajuda o hotel quando estamos fora de temporada, ajuda a banda, a comunidade e, bom, basicamente todo mundo.

– Isso tem todo o jeito de chantagem emocional.

– Exato – respondeu Lorna, alegre, jogando um graveto para Milou, que o trouxe de volta, cheia de graça.

– Tenho que usar saia?

– SAIF! Você está aqui há UMA ETERNIDADE! Você MORA AQUI! Aceita isso, seu racista! Não é uma saia.

Saif sorriu.

– *Aye*, tá bom.

– Você disse "*aye*"?

– Não.

– Disse, sim! Você disse "*aye*" quando quis dizer "sim"!

– Tenho certeza que não disse.

– Acho que disse!

Houve um silêncio.

– Você *poderia* experimentar...

– Não quero comer *Haggis*.

– Só estou dizendo que acho que você deveria experimentar.

– Não.

Seguiram em frente, ambos apreciando a sensação do sol nas costas.

– Você vai.

– Não vou usar sa... o tal do kilt.

– Kilt. O nome é kilt. Não o tal do kilt.

– Tá bom.

– Não precisa. É só usar uma roupa confortável para dançar. Você tem roupa confortável? Você se veste igual ao Niles.

– Não sei quem é Niles.

– Daquela série *Frasier*. Enfim. Olha, não importa o que você use. – Ela o encarou. – Você deveria ir, sabe. Não quer que as pessoas te achem esquisito.

Saif ficou confuso.

– Contanto que eu cuide delas, por que ligaria para o que as pessoas pensam?

– Não liga para o que *ninguém* pensa? – perguntou Lorna.

Saif a encarou por um momento um pouco mais longo.

– Não – respondeu ele. – Para o que algumas pessoas pensam, eu ligo, sim.

Capítulo vinte e quatro

As tardes tinham se tornado mais longas. Mal parecia ser noite enquanto Flora e Lorna se arrumavam. Angus ainda dormia.

– Tem certeza que ele está bem? – perguntara Flora, lançando a ele um olhar de preocupação.

Lorna assentira e indicara que aquilo era muito melhor do que quando ele estivera com dor e de mau humor, durante o tratamento. De fato, aquilo era o que se esperava, e ela estava feliz por vê-lo mais calmo.

Na saída, Lorna segurou a mão do pai e prometeu lhe trazer um pouco de uísque se ganhasse a rifa. (Sempre chegavam à rifa tarde demais, e ninguém nunca lembrava quem tinha ganhado nem conseguia achar os bilhetes.) A Sra. Laird tinha ido ficar com Angus, mesmo que ele tivesse dito em alto e bom som que não precisava de babá. Pelo amor de Deus, não era um bebê.

– Como estão as coisas com o Dr. Bonitão? – perguntou Flora, maliciosa, olhando Lorna de rabo de olho.

A Sra. Laird não notou o olhar.

– Ah, bem, bem – respondeu a senhora. Então, bufou. – Ele é muito organizadinho – declarou ela. – Quase sempre. Menos com os documentos. Deixa papel por todo lado!

– O quê? Tipo anotações médicas e tal? – indagou Flora, um pouco indignada.

– Ah, não, não. Isso fica no consultório. Não, são coisas que não consigo ler. Está numa escrita esquisita.

– Árabe – disse Flora, assentindo.

– FLORA! – exclamou Lorna. – Deixa de ser enxerida!

– Não sou enxerida! Nenhuma de nós sabe ler árabe!

– Chegam de todo lugar – informou a Sra. Laird. – Pilhas e pilhas de papel.

Elas se entreolharam.

– Não tenho permissão para chegar perto.

Lorna pensou num mundo diferente, num país deixado para trás e no que tudo isso significava. Uma vida inteira reduzida a montes de documentos do governo. Eles nunca tinham conversado sobre isso. Nem uma vez sequer.

Ela olhou para o pai.

– Ele está bem? – questionou a Sra. Laird.

Angus cochilava diante da corrida na TV.

– Ele vai ficar bem – respondeu Lorna. – Dá esses remédios para ele – ela apontou para as várias pílulas que tinha arrumado – às dez da noite. E não deixa ele beber mais uísque.

Angus bufou enquanto dormia e despertou por um instante.

– É sério.

– Aonde você vai? – perguntou ele.

– A lugar nenhum – respondeu Lorna, de imediato. – Se o senhor quiser que eu fique.

Ele piscou e então balançou a cabeça, como se tivesse ficado confuso do nada.

– Ah, não, querida. – Ele deu um meio-sorriso. – Sabe, você parece muito a sua mãe com esse vestido. Quando ela era jovem, quer dizer, há muito tempo. Mas ela era… era linda.

Lorna se aproximou.

– Eu sei. Olha, não preciso sair. Que tal se eu ficar?

Ele abanou a mão, descartando a ideia.

– Deixa de ser boba. Estou muito bem. Você fica comigo tempo demais. Todo mundo sabe disso. Quero que se divirta um pouco. Vai procurar um bom rapaz, tá bom? Estou cansado de você bagunçando a minha casa.

Ele sorriu para que ela soubesse que estava brincando.

A Sra. Laird concordou.

– Vai se divertir. Vamos ficar bem – disse ela, enquanto Angus assentia, e depois pareceu se acomodar para dormir de novo. A senhora apertou o braço de Lorna, rapidamente. – Você merece.

No hotel do porto, as pessoas já estavam se espalhando pelas ruas de pedras. Em geral, precisavam realizar a dança no salão por causa do tempo, mas, naquela noite, tinham ocupado o grande jardim dos fundos. Havia uma tenda cobrindo balcões e mesas. A banda tocava em um palco sob uma enorme manta de estrelas, menores do que as estrelas com que Saif estava acostumado, mas tão brilhantes quanto elas.

As garotas levaram meia hora para chegar ao bar, pois eram paradas por todo mundo. As pessoas geralmente compravam – e às vezes roubavam – garrafas para não ter que passar muitas vezes pela multidão de rostos corados. Lorna e Flora conversaram, cumprimentaram, trocaram novidades. Lorna, como sempre, fez o que pôde para sair do caminho dos pais mais exigentes. Eram os que achavam que, num raro passeio noturno, ela ia querer ter uma longa conversa sobre os talentos de seus amados filhos. Mas, fora isso, ela olhou ao redor, feliz. A noite ia ser boa, pensou.

Capítulo vinte e cinco

A festa estava a todo vapor. O barulho aumentava cada vez mais, e a dança estava ficando um pouquinho mais frenética. Lorna se afastou da pista de dança para tomar um pouco de ar. Estava mais bêbada do que tinha percebido. Era este o problema quando não se saía muito: a pessoa ficava meio sem limite. Ela estivera pulando de mesa em mesa, com as pessoas enchendo seu copo, e, naquele momento, sentia-se um tanto engraçada.

Para sua alegria, ela avistou Saif de repente. Ele tinha comparecido! Usava uma camisa simples azul de gola aberta e calças, o que significava que não se sobressaía tanto quanto poderia. Estava perto do bar, conversando de forma desajeitada com Ollie, o veterinário, e parecendo muito constrangido.

– Oi! – disse ela, acenando de modo frenético.

Lorna desviou de Valerie Crewsden, que viera da Inglaterra para abrir um negócio de artesanato. Valerie tinha muito o que dizer da filha, Cressida. Ela achava que Cressida deveria estar em um programa especial para crianças superdotadas, apesar de não existir algo do tipo em Mure.

Lorna foi até Saif e Ollie e deu um beijo no rosto do veterinário, de quem ela gostava. Com Saif, ela pensou antes, então, envergonhada e um pouco corada, apertou a mão dele. Mas foi impossível ignorar a expressão de felicidade no rosto do médico.

– Oi – disse ele, sorrindo para ela.

– Que bom que você veio – afirmou Lorna.

– Também acho. – Saif olhou para baixo.

– Bebida? – perguntou Ollie.

– Quero, por favor! – replicou Lorna.

Ao mesmo tempo, Saif disse:

– Não, obrigado.

Então, quando Ollie e Lorna logo assentiram, ele deu de ombros e acrescentou:

– Ah, bom, sabe... Beirute...

Ollie olhou para Lorna, preocupado, mas Saif apenas sorriu.

– Na verdade, vou beber um golinho de uísque. Com Pepsi, por favor.

Ollie balançou a cabeça, horrorizado.

– De jeito nenhum – disse ele. – Nada de Pepsi. Na Escócia, não!

– Nunca vou entender os costumes do país de vocês.

– Você pode beber água – avisou Ollie. – Como acompanhamento.

Saif e Lorna o observaram ir e riram.

– Ele é muito rígido – falou Saif.

– Aqui isso é assunto sério – explicou Lorna.

– Estou vendo. – Ele sorriu.

– Estou decepcionada por você não estar de kilt – disse Lorna.

– Você vai ter que dar um jeito de superar isso.

Eles assistiram aos dançarinos, cujos rostos estavam corados, por um tempo. Giravam mais rápido e com cada vez mais vigor. Alguns dos homens suavam enquanto os violinos e tambores tocavam freneticamente. Não havia nada de cortês e elegante naquilo; era uma dança regional na sua forma mais básica e enérgica. Até aos olhos de Lorna era bem desconcertante.

– Vai dançar? – perguntou ela, de todo modo.

– Não – respondeu Saif, franzindo o cenho. – Eu... preciso das mãos intactas para trabalhar.

Lorna riu enquanto Ollie voltava com as bebidas. Então, ele foi pego por uma dança agitada, a *Strip the Willow,* e desapareceu na multidão.

– Você é engraçado – declarou ela.

Saif deu de ombros.

– Não. Sou o médico triste de pele escura de quem ninguém gosta.

– Todo mundo ia gostar de você se te conhecesse.

– Eles não querem me conhecer. Só querem antibióticos.

– Não podem ter as duas coisas?

– Os antibióticos são ruins para o meio ambiente. E acho que as pessoas têm um pouco de medo de mim.

– Me deixa te apresentar a um pessoal.

Ele ficou paralisado.

– Será que não podemos… Vamos ficar aqui um pouco.

De repente, Lorna sentiu o coração batendo forte no peito e o rosto ruborizando. Que loucura. Sentia-se como uma menor de idade tentando arranjar bebida alcoólica. Isso nunca tinha funcionado em Mure, pois todo mundo sabia exatamente a idade de cada um e em que turma a pessoa estava na escola. Dava para tentar enganar os garotos poloneses que iam à ilha trabalhar nos feriados, mas raramente funcionava por muito tempo.

Com 31 anos, porém, ela se sentia exatamente do mesmo jeito: enjoada, zonza, como se o estômago estivesse se sacudindo feito uma máquina de lavar. Com certeza isso devia estar na cara. Ela se encolheu na lateral da tenda, mas isso só a fez se sentir mais em evidência.

Nenhum dos dois conseguia falar.

Ela se deixou levar para a dança, agradecida, por um grande grupo que precisava de uma garota extra.

– Vem! – exclamou, bêbada e sorridente.

Mas Saif ficou parado, com o cenho franzido, e fez que não com a cabeça. Ela foi lançada na multidão empolgada, jogada de um lado para o outro, rindo, girando, mas ciente, enquanto dançava, dos olhares dele. Nem intensos, nem reverentes. Somente observadores, nada mais. E ela sentiu o rubor tomar conta de seu rosto com ainda mais força do que antes.

Depois, ela voltou ao bar – e bebeu mais vinho. Naquele momento, a multidão estava tão grande que ela não conseguia avistar Saif. Então, a música mudou. A banda, que também bebera uma ou duas cervejas, parou de tocar música de dança escocesa. No momento, tocava músicas de festa de casamento, o que significava, percebeu Lorna, que estava bem mais tarde do que pensara.

Como era de se esperar, a conga começou a se espalhar pelo jardim. Ela revirou os olhos e entrou no banheiro com Flora, que estava muito bêbada, gargalhando de algo que pareceu muito importante no momento, mas de que não conseguiu se recordar depois. Lorna lembrava bem que estavam entrando na fila do banheiro e, do nada, Flora disse:

– E aí, vai investir ou não?

Lorna a encarou.

– Como assim? – perguntou ela, embora soubesse muito bem o que a amiga quis dizer.

– Ele não tirou os olhos de você a noite toda. Você sabe disso, porque fez a mesma coisa, sua doida. E aí, vai investir?

– Todo mundo está falando disso?

– Não – mentiu Flora. – Só eu, já que tenho o superpoder da percepção. E, também, você fala dele sem parar.

– Não falo, não. Falo?

Flora fez que sim, os olhos um pouco desfocados por um instante.

– Então, quer dizer, é hoje, né?

– Você também não está procurando alguém?

– Não estou tendo muita sorte – respondeu Flora. – É por isso que quero que uma de nós se dê bem.

– Ah, sei lá – falou Lorna, embora tivesse aquela sensação empolgante e efervescente dentro de si de novo só de pensar naqueles cílios, tão longos que quase tocavam as maçãs do rosto dele, na pele linda, no cabelo grosso e escuro pelo qual ansiava passar a mão.

– Além disso, pensa no quanto todo mundo vai ficar irritado se você fisgar ele – disse Flora, que às vezes era meio travessa.

– É uma razão horrível para tentar fisgar alguém – declarou Lorna, rindo.

– Tem uma melhor?

Lorna mordeu o lábio e se olhou no espelho. Estava corada, mas a cor lhe caía bem; deixava-a reluzente. Algumas mechas de cabelo ondulado caíam em volta do rosto. Um cinto marcava a cintura de seu vestido bonito de verão.

Flora lhe entregou um batom e espirrou perfume nela.

– Você está linda – afirmou. – Agora, vai logo antes que ele vá embora.

– Você acha que…

– Acho que, no mínimo, no mínimo do mínimo, vocês dois merecem um pouco de alegria. Não acha?

Lorna piscou várias vezes, riu um pouco mais e saiu para a pista de dança.

Capítulo vinte e seis

Radiante, Lorna caminhou até o jardim – mas não viu o menor sinal de Saif no lugar onde o tinha deixado.

Olhou ao redor, intrigada, e então achou graça ao notar que a banda estava tocando uma música de casamento grega, aquela famosa do filme.

Achou mais graça ainda e ficou encantada ao ver Saif bem no meio da dança. No momento, a maioria dos homens estava encharcada de suor de um modo nada atraente, ou sem camisa ou com todos os botões abertos. Eles apoiavam os braços na nuca uns dos outros conforme cambaleavam para lá e para cá.

Saif não estava suado nem corado. Estava apenas balançando com elegância para a esquerda e para a direita. Um pouco envergonhado, ria cada vez mais enquanto os homens ao seu lado riam também e batiam no ombro dele de forma carinhosa. Lorna sabia que estavam felizes por ele estar ali.

Era uma dança boba que ninguém sabia muito bem como terminar. Mas continuaram enquanto a banda tocava mais e mais rápido. Saif não parecia nem um pouco deslocado ali, entre todos aqueles kilts. Lorna observou e bateu palmas até que, por fim, a música parou, e os homens se lançaram amontoados no chão.

Quando Saif se ergueu, viu-a na sua frente, batendo palmas e sorrindo para ele. Ele sorriu também e, sem pensar, sem que nenhum deles pensasse, ela lhe estendeu a mão e ele a aceitou, rindo. A banda começou a tocar "Auld Lang Syne". Os últimos pedidos no bar ficaram mais frenéticos, e todo mundo passou por eles em direção à pista de dança. Eles, porém... foram para o outro lado. Na frente de todo mundo.

Capítulo vinte e sete

Do lado de fora, tinha ficado mais frio. Eles ainda riam, estavam um pouco embriagados e empolgados por causa da dança. Lorna se viu – e isso não era nada típico dela – puxando a mão dele, atrás da tenda. Ela o conduziu pelo jardim do hotel, agora silencioso, com as luzes decorativas brilhando entre as árvores, os foliões do lado de dentro ou já em casa, adormecidos. As rosas precoces exalavam sua fragrância primaveril junto com o perfume dos jacintos em meio à grama mais alta. Ela o conduziu até um tronco de árvore robusto, ambos sob um feitiço, sob uma nuvem de noites de verão, dança, riso e música.

Lorna se virou para ele, os olhos dele tão escuros, os dela, piscinas iluminadas. Ela conseguia pressentir cada pedaço do corpo de Saif sob a camisa azul mesmo sem tocá-la; de tão perto, conseguia sentir seu perfume adocicado e cítrico e o calor que irradiava. Sem tirar os olhos dela, Saif estendeu a mão grande em sua direção. Lorna estava ciente do quanto ele era mais alto, enquanto assomava acima dela, bloqueando a luz da pista de dança. Saif tocou o queixo dela com a mão. Lorna perdeu o fôlego conforme ficava na ponta dos pés para alcançá-lo, bem delicadamente, os dois respirando juntos, eliminando a distância aos poucos. Ela fechou olhos...

E nada aconteceu.

Capítulo vinte e oito

Lorna abriu os olhos. Ele estava ali parado, encarando-a, o rosto contornado pelas luzes, os olhos fixos nos dela.

– Me desculpa – disse ele, afastando-se. – Me desculpa. Desculpa.

– Tudo bem – afirmou ela, preocupada, de início, que ele não tivesse compreendido. – Tudo bem. Quero… quero que você me beije.

Queria que ele a beijasse mais do que qualquer coisa no mundo.

– Tudo bem – repetiu ela com a voz serena.

Estendeu a mão para ele mais uma vez, mas ele não a pegou.

Saif fez que não.

– Para mim… Para mim não está tudo bem. Me desculpa. Mil desculpas.

Ele se afastou mais.

– Mas… o que… – Lorna ficou muito envergonhada; sentiu um nó na garganta. – O que tem… o que tem de errado comigo? – Ela se viu gaguejando.

Ele deu um passo em direção a ela, os olhos ardentes.

– Não tem absolutamente nada de errado com você – declarou num tom de voz zangado. – Você é… é muito bonita. Você é muito, muito linda. Mas… – Ele jogou as mãos para o alto em desespero. – Não sou livre. Só isso. Não sou um homem livre.

Então, se virou, furioso, e saiu. Não olhou para trás, nem para a direita, nem para a esquerda. Seus passos se esvaneceram nas pedras do porto por entre o vento, e ele foi embora.

Capítulo vinte e nove

Com o sexto sentido que os amigos em geral têm, Flora encontrou Lorna sentada debaixo da árvore, tentando não chorar.

– Vem – sibilou ela. – Rápido. O táxi de Roddy McClafferty está aqui, mas ele desmaiou no banheiro. Vamos pegar e depois mandar de volta para ele, mas você tem que vir rápido, antes que alguém perceba.

Lorna achou que era uma boa ideia, e elas correram para o carro antigo de Wullie. Ele fazia as vezes de taxista em noites animadas, embora o veículo cheirasse aos nove cachorros dele e ainda tivesse uma escada dentro.

Flora segurava a bolsa de Lorna, que a pegou quase sem forças.

– Como você soube?

– Vi ele indo embora. Aquele arrogante, mal-humorado, idiota – respondeu Flora. – Nunca gostei dele.

– Meia hora atrás você me disse para investir nele!

– Ué, bom, eu era mais jovem.

Lorna se desmanchou em lágrimas.

– Qual foi o problema? Foi alguma questão religiosa? Ou você tem tipo três peitos e nunca me contou?

As piadas não estavam ajudando. Lorna continuou a soluçar.

– Não. Não. Tem… tem outra pessoa. Acho que ele é casado ou algo assim.

– Ele não usa aliança.

– Talvez… talvez ele tenha perdido. Ou vendido.

Elas refletiram sobre isso.

– Bom, então por que ele estava flertando com você? – perguntou Flora.

– Acho que não estava – replicou Lorna. – Acho que... quer dizer, ele não conhece ninguém aqui. Sou a única amiga dele. Acho que talvez eu tenha interpretado mal as coisas...

Flora a olhou de cara feia sob a luz dos postes do porto.

– Que estranho, porque para mim parecia que ele estava doido atrás de você.

Lorna começou a chorar de novo.

– Ah, meu Deus, agora estraguei tudo.

– Você tem razão – afirmou Flora. – Porque ninguém nunca deu uns amassos bêbado e se arrependeu depois. Ninguém na história do mundo.

Ela afagou o ombro da amiga.

– Ele FOI EMBORA! – exclamou Lorna. – Ele ia me beijar e aí... foi embora! Me abandonou! Eu me senti um lixo.

– Por isso nunca gostei dele.

– Meu Deus. – Lorna cobriu o rosto com as mãos. – O que vou fazer na próxima vez que precisar fazer um exame preventivo? Vou morrer de câncer e vai ser tudo culpa dele.

– Uma das suas qualidades é que você não fica criando caraminholas na cabeça – falou Flora.

Ela deu um abraço apertado em Lorna.

– Escuta. Está tudo bem. Vai ficar tudo bem. Ignora isso e pronto. É o que um cara faria. Finja que nunca aconteceu. Nunca. Ele vai trabalhar dois anos aqui e depois vai embora.

– Então só tenho que viver numa ilha minúscula evitando uma pessoa por dois anos?

– Você pode fazer qualquer coisa que precisar.

– Pelo menos, ninguém viu a gente – disse Lorna. – Pelo menos isso.

– Você beijou aquele médico? – perguntou Wullie na frente do carro. – Bom, toma cuidado, mocinha. As pessoas vão comentar.

Lorna enterrou o rosto nas mãos de novo. Flora revirou os olhos.

Capítulo trinta

– Tá bom, estou pronta – avisou Lorna em voz baixa.
– Tem certeza? – perguntou Flora.
– Tenho.
– Está totalmente pronta?
– Estou.
– Pronta para olhar o celular?
– Estou pronta para olhar o celular. Me dá.

Dito e feito: havia uma lista longa de perguntas de pessoas que com certeza tinham visto os dois na pista de dança. Além de uma foto marcada, que felizmente era só da pista de dança. Mas sério: já? Elas ainda estavam no táxi de Wullie.

Enquanto Lorna as apagava, o celular começou a tocar do nada, assustando ambas.

– Ele pode estar MUITO arrependido – disse Flora. – Mas você não vai até lá.

– Ele não vai me chamar para transar – explicou Lorna. – Ele não me ligaria por causa disso.

– Só estou dizendo. Não vai até lá.
– Não vou... – Lorna notou o nome de quem ligava.
– Sra. Laird? Alô. Alô? Está tudo bem? O QUÊ?

Wullie, que ia deixar Flora primeiro, deu meia-volta imediatamente.

Capítulo trinta e um

Lorna entrou correndo na pequena casa de campo, o vestido ainda esvoaçando atrás dela.

– Cadê ele?

Ele não estava respondendo nem se mexendo. A Sra. Laird tinha ido dar uma olhada nele às dez horas, quando ele estava dormindo. Às onze, ele ficara um pouco mais pálido, mas parecia bem. À meia-noite, ela ficou assustada. Tentou acordá-lo, mas não conseguiu.

A pele dele estava com uma cor cinza horrível sob a luz do teto. Flora já estava ao telefone.

– O Dr. MacAllister está de plantão hoje e do outro lado da ilha. Você acha que precisamos de ambulância aérea?

Lorna apenas a encarou.

– Precisamos, sim, claro.

Flora desligou, digitou o número da emergência e disse o que estava acontecendo de uma vez.

Enquanto isso, Lorna tentava deixar o pai acomodado. Ele respirava, mal e mal, mas um ruído saía a cada respiração. Ela o colocou na posição de recuperação, mas a pele dele estava fria. Seus batimentos cardíacos, sob os dedos trêmulos e suados dela, pareciam saltitar. Ela pegou o próprio celular. Com as mãos escorregadias, depois de algumas tentativas fracassadas, conseguiu ligar para o último número que queria.

Saif não estava dormindo.

Na verdade, estava chorando. Pela primeira vez na vida adulta.

A garota, o jardim, a ilha. Uma mão gentil, um quase beijo...

Era como se algo tivesse irrompido dentro dele. Um muro tinha desmoronado e, tal como ele temia, depois que começou, Saif não sabia se conseguiria parar. Felizmente, a Sra. Laird não estava ali. Ele encarou as quatro paredes e deixou as lágrimas caírem. Deixou que saíssem dele como sangue jorrando de uma ferida, como se nunca fossem acabar.

Levou um tempo para se recompor e pegar o telefone. Quando viu quem era, afastou a mão.

– Ah, meu Deus! – gritou Lorna. – Ele não atende. Você tem que ligar para ele.

Ela sentiu um pânico saído dos seus piores pesadelos enquanto Flora mexia no celular e por fim conseguiu falar com ele.

Quando ouviu o que estava acontecendo, Saif praguejou com força assustadora e pulou porta afora, secando o rosto de modo frenético com as costas da mão.

Capítulo trinta e dois

A ambulância aérea demorou uma eternidade para chegar. O som das hélices podia ser ouvido de longe. Foi a maior espera da vida de Lorna, embora ela não conseguisse dizer, depois, quanto tempo demorou. Cada momento pareceu uma hora inteira.

Ela e Saif não se falaram desde que ele havia batido na porta e entrado com a mala de couro grande. Ele rapidamente se ajoelhara ao lado do pai dela, enchera a Sra. Laird de perguntas e preparara uma terapia intravenosa. Trabalhou com rapidez e tranquilidade, mas nada que fizesse mudava a respiração irregular e a pele pálida de Angus.

Contudo, os tripulantes da ambulância aérea o elogiaram. Então, voltaram-se para Lorna e gesticularam para que ela entrasse no helicóptero.

– Eu vou – anunciou Saif de imediato.

– Desculpa, amigo, não tem espaço – avisou o médico. – Só tem espaço para um.

Saif assentiu. Então, olhou diretamente para Lorna, que corou por instinto. Ela queria desviar o olhar, mas se forçou a não fazer isso.

– Lamento muito mesmo – disse ele, com veemência, quando ela enfim se recompôs o bastante para olhar nos olhos dele. – Eu deveria ter atendido o telefone. Lamento… por tudo. Lamento mesmo.

Ela balançou a cabeça.

– Você não estava de plantão. Não foi culpa sua.

Ele ergueu as mãos e disse algo em meio ao giro barulhento das hélices do helicóptero, mas ela não entendeu o que era, e a aeronave já subia para o céu, que estava clareando, e partia por sobre o mar tempestuoso.

Capítulo trinta e três

Foi como a desordem de um sonho perturbado: uma noite de gritos, correria, confusão e formulários de consentimento. O trabalho foi feito por jovens muito inteligentes que pareciam ter quase a idade das crianças da escola que ela estava mandando para o ensino fundamental II no continente.

Houve catéteres, injeções, filas. Seu irmão, Iain, chegou correndo do avião, com expressão cansada. Então, deu um meio-sorriso e disse que ela cheirava a bebida. Depois, bateu no braço dela e os dois se abraçaram por um longo tempo.

Mas então esperaram muito, muito tempo enquanto o pai era levado para a cirurgia. Deram as mãos. Lorna ignorou o celular, que vibrava e se acendia a cada segundo. Ela não queria ler o que as pessoas tinham a dizer. Não conseguia aguentar a ideia de que talvez isso transformasse o temor em realidade.

Eram cinco horas da manhã quando viram uma pessoa jovem e cansada caminhar até eles pelo longo corredor cheio de luzes cinzentas. Era a cirurgiã. Iain franziu o cenho. Tinham dito a eles que a cirurgia demoraria muito mais.

Lorna ficou paralisada, vendo-a dar passo após passo até eles, uma caminhada que a própria médica deveria estar temendo. Ela prendeu a respiração. Lorna e Iain seguraram um no outro com afinco, incapazes de se olhar.

A médica os avistou e respirou fundo.

– Lamento muito – disse quando se aproximou, o rosto tomado pelo cansaço. – Nós tentamos. Mas assim que o abrimos... O tumor tinha sofrido metástase... Estava em volta do córtex central. Lamento muito mesmo.

Não tinha nada mesmo que pudesse ser feito. – Ela piscou. – Gostariam de se sentar?

Mesmo que não houvesse ninguém na sala de espera em que estavam, eles a seguiram até uma salinha agradável com imagens de flores nas paredes e almofadas nas cadeiras.

– Infelizmente, ele não aguentou a anestesia. Abri-lo... foi mesmo uma última tentativa desesperada de fazer o que estávamos tentando fazer.

Lorna conseguia ouvir as palavras, mas não entendia o que significavam.

A médica balançava a cabeça.

– Não conseguimos salvá-lo.

– Então, o que isso significa? – perguntou Lorna.

Iain estendeu o braço e abraçou a irmã.

– Ele morreu, Lô – falou ele com delicadeza. – O pai morreu.

– Mas ele foi operado – disse Lorna, ainda confusa. Afinal de contas, estavam no hospital.

– Lorna – chamou Iain.

E então ela compreendeu.

Capítulo trinta e quatro

Lorna saiu correndo do hospital, com Iain gritando seu nome. Ela teve sorte por não haver ninguém na rua naquela hora do dia. Mal conseguia enxergar em meio às lágrimas quando atravessou correndo as ruas e o píer, pegando a primeira balsa da manhã.

Era tão cedo que não havia ninguém além dela a bordo. Lorna perambulou pelo convés enquanto as ondas subiam e desciam atrás. Sentia-se completamente incapaz de pensar, de lidar com o fato de que o pai se fora.

Enfim respondeu ao constante toque do celular.

– Cadê você? – perguntou Iain.

– Estou voltando.

– Por quê? – questionou ele. – Tem coisas para fazer aqui, Lorna.

– Que coisas?

– Bom, vão precisar levar ele daqui, burocracia. Se você quiser ver o pai...

Ela soltou um soluço apavorado.

– Já?

Houve um silêncio.

– Não quero ver – disse ela. – Vi a mãe. Não ajudou em nada. Quero me lembrar dele... do jeito que eu o amava.

Houve outro silêncio.

– Tá bom – respondeu Iain. – Bom, faz o que quiser.

Lorna balançou a cabeça. Nem sabia para onde estava indo.

– Vou esperar você em casa – avisou ela.

Encarou o horizonte iluminado, aquela aurora ridícula de um dia sem a presença do pai. Sua cabeça doía e ela estava com sede. No momento em que pensou nisso, o capitão gentil com a barba espessa apareceu ao seu lado. Ele ofereceu uma enorme xícara esmaltada de chá.

– Você parece precisar disso – falou ele, rouco, e então se virou.

Lorna o viu seguir seu caminho, deu um gole e se sentiu muito agradecida.

– Na casa do pai? – perguntou Iain.

– Claro. Estou morando lá.

Então, houve um longo silêncio.

– Me desculpa – disse Iain. – Você fez tudo sozinha. Não percebi o quanto era grave. Foi tão difícil sair. Me desculpa, Lorna.

– Está tudo bem.

A voz dele ficou aguda e estranha.

– Queria ter tido a oportunidade... Queria ter conseguido me despedir dele.

– Ele teria mandado você ir se catar – respondeu Lorna, sorrindo em meio às lágrimas. – Era bem a cara dele. Sério, Iain, ele estava melhorando. Estava bem feliz.

– Só falta de sorte, foi isso.

O silêncio voltou enquanto a balsa zumbia por cima das ondas, a luz do sol refletida nelas.

– Fica na casa do pai – declarou Iain, por fim. – Vou para lá assim que puder.

Capítulo trinta e cinco

Quando Lorna saiu da balsa, o capitão disse "Se cuida". Então ela percebeu que simplesmente não conseguia voltar para a casa da fazenda. Seus pés não deixavam. Não quando haveria tigelas e pratos no lava-louça e as roupas do pai na lavanderia. O casaco velho dele estaria pendurado na parte de trás da porta e era provável que ainda houvesse uma brasa fraca acesa na lareira.

Em vez de ir para lá, ela se virou em direção à praia. Seus pés muito, muito cansados a levavam para lá. Na praia, tirou os sapatos e as meias e deixou a areia fria se espremer entre os dedos.

Ela caminhou até o promontório e lá se sentou, abraçando os joelhos. Estava congelando, mas não se importava. Tinha tanta coisa para fazer, tanta coisa para organizar. Havia tanta vida acontecendo em volta dela. *Só mais um pouquinho*, pensou, *e me levanto. E eu sei, a única coisa que sei é que todo mundo aqui em Mure, minha casa, todo mundo vai me ajudar a passar por isso.*

Todos se juntariam: Iain, a Sra. Laird, Flora, Jeannie, o Dr. MacAllister, os professores e as crianças. Todo mundo se ajudava quando se vivia em um lugar como aquele. E, fosse lá o que mais acontecesse, isso seria um conforto, sem dúvida. Ela se sentiria melhor. Um dia.

Agora, o céu estava quase completamente iluminado. Os primeiros raios do que prometia ser outro dia ensolarado se aproximavam do continente distante. Na baía, os navios passavam para lá e para cá. As luzes do porto começavam a se apagar, uma por uma.

Era um dia sem a presença de seu pai. O pior amanhecer que alguém poderia ter. Os olhos de Lorna estavam cansados demais para chorar.

De repente, sentiu um casaco cobrir seus ombros, se assustou e olhou para cima.

Saif estava parado ali, sem a encarar.

– Me desculpa... – começou ela.

Mas ele balançou a cabeça depressa e se sentou ao seu lado. Não exatamente ao lado; um pouquinho afastado.

Ele também olhou para a espuma das ondas brancas e para os raios solares aparecendo no continente conforme outro dia se iniciava. Olhou além disso também. Além da baía, das enseadas, do canal e do mar cercado por terra até muito, muito longe.

– Existem coisas... – começou ele, então parou de falar.

Naquele momento, chegou a se aproximar um pouco. Lorna percebeu que tremia, mas Saif pousou a mão no braço dela, breve e gentil.

– Existem coisas – começou de novo. Falava como se tivesse algo preso na garganta. – Coisas que acontecem. Mesmo quando você acha que está a salvo. Não existe lugar seguro se você ama alguém, Lorna. Acho que ser adulto é exatamente isso.

Houve um silêncio e, de repente, Lorna sentiu os olhos se afrouxando, as lágrimas aflorando.

– Não conheço nada fora isso.

– A não ser seguir em frente – disse Lorna.

Saif assentiu.

– Claro que você segue. Existe desespero e existe esperança.

Lorna fez que não.

– Não existe esperança para mim.

Saif estalou a língua, irritado.

– Você tem uma comunidade inteira, segura e amorosa aqui, cheia de crianças que te amam, amigos que vão te ajudar e pessoas que querem seu bem. E, sim, isso é muito triste, mas me escuta. Aconteceu na ordem natural.

Fez-se um longo silêncio.

– Então – falou ele, por fim –, não ouse me dizer que você não tem esperança.

Lorna chorou de soluçar.

Ele virou a cabeça de imediato.

– Desculpa – disse ele. – Isso foi rude demais para o dia de hoje. – Ele jogou uma pedra bem longe nas ondas. – Não consigo... Nunca faço as coisas direito aqui.

Lorna assentiu.

– Foi bem rude – concordou ela, com lágrimas descendo pelo nariz.

Ele procurou algo no bolso e tirou um lenço grande e limpo, como um mágico, e ela quase sorriu quando ele lhe entregou.

Lorna assoou o nariz no lenço de um jeito nem um pouco atraente.

– Não precisa me devolver – avisou ele, muito sério.

Ela quase sorriu de novo por entre as lágrimas, que agora escorriam livres pelas bochechas.

– Que bom – respondeu ela.

Eles observaram o mar. Outra balsa começava a atravessar o estuário, a luz do sol reluzindo em suas janelas.

– Algum dia você vai desistir de ter esperança? – perguntou ela, em tom baixo, para Saif, que observava o movimento da balsa.

– Vou – respondeu ele. – Um dia. Mas hoje, não.

Capítulo trinta e seis

Em seguida, Saif olhou para ela.

— Tem muita coisa para fazer — anunciou ele.

— Eu sei. Meu irmão vai vir e acho que todo mundo também, e vai ter tanta coisa para organizar...

— Posso ajudar.

Lorna se levantou e lhe devolveu o casaco, balançando a cabeça.

— Não. Eu dou conta.

— Sim. Claro que dá.

Ela assentiu. Então, se virou para a pálida luz do amanhecer, tão fria e limpa, ao mesmo tempo que o sol se espalhava pelos vales belíssimos. Um falcão solitário circulava em algum lugar distante, piando na brisa da manhã.

Saif observou enquanto Lorna caminhava com firmeza pelas dunas para enfrentar seu novo mundo sozinha. Ficou olhando enquanto ela andava pela trilha acidentada da praia até a estrada tranquila, com os tratores e os cavalinhos, os promontórios rochosos e os vastos campos de samambaias. Observou até que ela desaparecesse de vista. Depois, virou o rosto mais uma vez para a nova maré que levava a cada praia boas e más notícias.

Então, levantou-se, correu, gritou o nome dela e lhe pediu que esperasse. Quando enfim a alcançou, ofegante, ela estava confusa e um pouco preocupada.

— Não, por favor — pediu ele. — Me deixa ir. Como amigo. Por favor. Posso... posso ficar com você como amigo?

Quando chegaram à casa da fazenda, descobriram, antes mesmo de

107

alcançar o fim da estrada, que todo mundo já estava lá esperando: Jeannie, todos os vizinhos, a Sra. Laird, Flora, claro, os pais da escola, Ewan, Wullie, todos os funcionários da fazenda de Angus. Quando avançaram para recebê-la e levá-la para casa, Lorna parou e se deixou envolver pelo mar de pessoas que ondulava e fluía. Saif também se juntou ao mar, da vida, da família e da comunidade dela, e foi absorvido. E, se você estivesse assistindo a isso, não notaria diferença nenhuma entre eles.

LEIA UM TRECHO DO PRÓXIMO LIVRO DA SÉRIE
A praia infinita

Capítulo um

Mesmo no começo da primavera, era bem escuro em Mure.

Flora não ligava; adorava quando os dois acordavam de manhã, aconchegados e bem juntinhos, na escuridão total. Joel tinha um sono muito leve (Flora não sabia que, antes de conhecê-la, ele mal dormia) e, em geral, já estava acordado quando ela esfregava os olhos. O rosto dele, normalmente tenso e alerta, se enternecia ao vê-la, e ela sorria, mais uma vez surpresa, perplexa e assustada com a profundidade do que sentia, de como tremia no ritmo do coração dele.

Ela adorava até as manhãs mais geladas, quando precisava se esforçar muito para começar o dia. Era diferente quando você não tinha que passar uma hora no transporte público espremida entre milhões de outros passageiros, respirando germes, sendo empurrada e sentindo sua vida ficar mais desconfortável do que precisava ser.

Em vez disso, ela punha a turfa úmida no fogão do lindo chalé de hóspedes em que Joel se hospedava enquanto trabalhava para Colton Rogers, o bilionário que era dono de metade da ilha. Ela reavivava as chamas e, num instante, o cômodo ficava ainda mais acolhedor, a luz tremeluzente do fogo lançando sombras nas paredes caiadas.

A única coisa que Joel insistira em ter lá era uma cafeteira caríssima de última geração, e ela o deixava mexer na máquina enquanto ele entrava no sistema de trabalho on-line e fazia o comentário de sempre sobre os muitos e variados modos como a internet da ilha deixava a desejar.

Flora pegava o café, vestia uma velha blusa de lã e ia até a janela, onde podia se sentar em cima do antigo aquecedor a óleo, do tipo que existia nas escolas, mas custara uma fortuna a Colton. Lá, ela olhava para o mar escuro, que, às vezes, em dias de vento, ficava cheio de cristas brancas; outras vezes, espantosamente claro, quando, mesmo de manhã, era possível olhar para o céu e ver as estrelas frias e brilhantes. Em Mure, não havia poluição luminosa. As estrelas eram maiores do que Flora se lembrava de ter visto quando criança.

Ela envolveu a caneca com as mãos e sorriu, ouvindo o barulho do chuveiro.

– Aonde você vai hoje? – gritou ela.

Joel passou a cabeça pela porta.

– Primeiro, pra Hartford – respondeu ele. – Via Reykjavik.

– Posso ir com você?

Joel a olhou com seriedade. Trabalho não era diversão.

– Deixa, vai. A gente pode se pegar no avião.

– Não sei, não...

Colton tinha um avião que usava para ir e vir de Mure, e Flora ficava absolutamente indignada que fosse restrito aos assuntos da empresa e nunca a deixassem entrar nele. Um avião particular! Na verdade, era inimaginável. Quando o assunto era trabalho, era impossível atiçar Joel. Na verdade, era difícil atiçá-lo em qualquer situação. Às vezes, Flora se preocupava com isso.

– Aposto que as comissárias de bordo já viram de tudo nessa vida – disse ela.

Sem dúvida, era verdade, mas Joel já estava descendo pela tela do *The Wall Street Journal* e não prestava mais atenção.

– Volto daqui a duas semanas, numa sexta. Colton está literalmente consolidando... bom...

Flora queria que ele pudesse comentar mais sobre o trabalho, como fazia quando ela ainda trabalhava no escritório de advocacia. Não era só questão de confidencialidade. Ele era reservado em relação a tudo.

Flora fez biquinho.

– Assim você não vai ver os Argylls.

– Como é que é?

– É uma banda. Está em turnê e vai tocar no Recanto do Porto. É muito legal.

Joel deu de ombros.

– Não ligo pra música.

Flora se aproximou dele. A música corria no sangue de todo mundo em Mure. Antes da chegada das balsas e dos aviões, as pessoas tinham que criar sua própria diversão, e todas participavam com entusiasmo, ainda que nem sempre com muito talento.

Flora dançava bem e até sabia tocar um instrumento, o *bodhrán*, se não houvesse ninguém melhor disponível. Seu irmão Innes era um violinista melhor do que admitia. O único irmão que não sabia tocar nada era o grandalhão Hamish; a mãe deles costumava dar um par de colheres para ele e deixá-lo se virar.

Ela envolveu Joel nos braços.

– Como é que pode não ligar pra música? – perguntou.

Joel piscou, surpreso, e olhou ao longe. Era besteira, na verdade – uma bobagenzinha no carrossel infinito que fora sua infância difícil –, que toda escola nova fosse uma nova chance de errar: vestir as roupas erradas, gostar da banda errada. Também havia o medo de errar e sua falta de habilidade, ao que parecia, para aprender as regras. As bandas legais mudavam tanto que era absolutamente impossível acompanhar as tendências.

Ele achava mais fácil abdicar por completo dessa responsabilidade.

Nunca tinha feito as pazes com a música. Nunca se atrevera a descobrir do que gostava. Não tivera um irmão ou uma irmã mais velha para indicar o caminho.

Com as roupas, era a mesma coisa. Só usava duas cores – azul e cinza, peças impecáveis nos melhores tecidos –, não por ter bom gosto, mas porque parecia a decisão mais simples. Assim, não tinha que pensar no assunto.

Se bem que já havia saído com modelos suficientes para aprender muito sobre roupas; nesse ponto, elas tinham sido prestativas.

Joel olhou para Flora. Ela voltara a observar o mar. Às vezes, ele tinha dificuldade para distinguir entre Flora e o ambiente de Mure. Os cabelos dela eram os ramos das algas que se espalhavam pelas dunas brancas dos ombros; suas lágrimas eram as gotas de água salgada respingando numa tempestade; a boca, uma concha perfeita. Ela não era nenhuma modelo

– muito pelo contrário. Parecia tão estável e sólida quanto a terra sob seus pés. Flora era uma ilha, uma vila, uma cidade, um lar. Ele a tocou com delicadeza; mal conseguia acreditar que estavam juntos.

Flora conhecia esse toque e não podia negar.

Às vezes, o jeito como ele a olhava a deixava apreensiva; era como se ela fosse uma coisa frágil e preciosa. E Flora não era nada disso. Era só uma mulher normal, com as mesmas preocupações e defeitos que todo mundo tem. Um dia, Joel ia perceber isso, e ela sentia pavor do que aconteceria quando ele entendesse que ela não era uma *selkie*; que não era uma criatura mágica que havia se materializado para resolver a vida dele... Tinha pavor do que aconteceria quando ele percebesse que ela era só uma pessoa normal que se preocupava com o próprio peso e gostava de usar umas roupas bem fuleiras aos domingos... O que aconteceria quando tivessem que discutir sobre detergente?

Ela deu um beijinho na mão dele.

– Para de me olhar como se eu fosse uma fada do mar.

Ele sorriu.

– Pra mim, você é, sim.

– A que horas é o seu...? Ah.

Sempre esquecia que o avião de Colton obedecia ao horário deles, não ao de uma companhia aérea.

Joel consultou o relógio.

– É agora. Hoje Colton está uma pilha de nervos... Quer dizer... Ele tem muita coisa pra fazer.

– Não quer tomar um café da manhã?

Joel fez que não.

– O mais absurdo é que vão servir pão e bolinhos da Delicinhas da Annie no voo.

Flora sorriu.

– Olha só como a gente é chique. – Ela o beijou. – Volta logo.

– Por quê? Aonde você vai?

– Não vou a lugar nenhum – respondeu Flora, puxando-o para junto dela. – Nenhunzinho.

Ela o viu partir sem olhar para trás e suspirou.

O estranho era que só quando transavam que ela sabia, com cem por cento de certeza, que ele estava presente, completa e absolutamente presente, com ela, a cada respiração, a cada movimento. Era diferente de tudo o que ela já tinha experimentado.

Já tivera namorados egoístas, namorados exibidos e outros puramente incompetentes, com o potencial arruinado pela pornografia que consumiram antes de serem homens-feitos. Mas não tivera nenhum assim – tão intenso, quase desesperado, como se estivesse tentando encaixar a totalidade do seu ser debaixo da pele dela. Sentia que ele a conhecia completamente e que ela o conhecia à perfeição. Pensava nisso o tempo todo. Mas ele quase nunca estava lá, e no resto do tempo ela continuava não sabendo o que passava pela cabeça dele, assim como não sabia quando se conheceram.

E agora, um mês depois, já não estava tão escuro, mas Joel estava sempre viajando, ocupado com um projeto após o outro. Flora também ia viajar nesse dia, mas não era a nenhum lugar assim tão interessante e, ai, ia ter que voltar para a fazenda.

Sendo adulta, ficar fechada no quarto – na mesma cama de solteiro em que crescera, com seus velhos troféus de dança das Terras Altas empoeirados e ocupando as paredes – dava a Flora uma sensação que a irritava, assim como a noção de que não importava o quanto tivesse que acordar cedo – e parecia ser muito, muito cedo –, o pai e os três irmãos, que trabalhavam na fazenda, já estariam ordenhando as vacas havia mais de uma hora.

Bom, menos Fintan. Ele era o gênio gastronômico da família e passava a maior parte do tempo fabricando queijo e manteiga para a Delicinhas da Annie – e, em breve, esperavam eles, para o novo hotel de Colton, a Pedra. Mas os outros meninos – Hamish, forte e obtuso, e Innes, o mais velho – saíam, fizesse chuva ou sol, luz ou escuridão, e, por mais que ela tentasse convencer Eck, seu pai, a trabalhar menos, ele geralmente saía também. Quando Flora trabalhava em Londres como assistente jurídica, brincavam que ela era preguiçosa. Agora que ela administrava um café inteiro sozinha, esperara provar que eles estavam errados, mas ainda a viam como a molenga que só se levantava às cinco da manhã.

Precisava sair dali. Havia alguns chalés para alugar na vila de Mure, mas a Delicinhas da Annie não rendia o suficiente para pagar uma extravagância dessas. Não havia outro jeito. Os produtos de Mure eram maravilhosos – a manteiga orgânica fresca, batida em leiterias locais, o queijo espetacular feito por Fintan, os melhores peixes e mariscos das águas cristalinas, a chuva que fazia crescer o capim mais doce do mundo, engordando o gado. Mas tudo isso tinha um custo.

Num instante, calculou mentalmente que horas eram em Nova York, onde Joel, seu namorado – e percebeu que parecia absurdo chamá-lo de namorado –, estava trabalhando.

Joel já tinha sido chefe de Flora, mandado ao norte com ela para cuidar de um assunto jurídico para Colton Rogers. Mas ser chefe dela era só parte da história. Ela passara anos apaixonada por ele, desde o momento em que o vira pela primeira vez. Ele, por outro lado, passara a vida saindo com modelos, sem notar a existência dela. Flora nunca tinha imaginado que poderia chamar a atenção dele. Um dia, finalmente, depois de trabalharem juntos no verão anterior, ele havia relaxado o bastante para reparar nela; o bastante, no fim, para se mudar para Mure e trabalhar para Colton lá.

Só que, obviamente, não era bem assim.

Colton deixara um chalé de hóspedes à disposição dele, uma linda cabana de caça restaurada, enquanto a Pedra se preparava para a inauguração oficial, o que estava demorando para acontecer. Depois, ele tinha saído pelo mundo, cuidando de suas várias empresas bilionárias – o que parecia exigir que Joel o acompanhasse o tempo todo. Ela mal o tinha visto durante o inverno. Agora, ele estava em Nova York. Coisas como montar uma casa, sentar-se e conversar pareciam completamente além da compreensão dele.

Em tese, Flora sabia que ele era viciado em trabalho, já que trabalhara para ele por muitos anos. Só não imaginara como isso afetaria o relacionamento deles. Ela parecia ficar com as migalhas – e olha que não havia muitas. Nem mesmo uma mensagem para indicar que ele sabia que Flora ia para Londres nesse dia para assinar os documentos da demissão.

No começo, Flora não sabia ao certo se conseguiriam manter a Delicinhas da Annie aberta no inverno, quando os turistas sumiam, as noites ficavam tão longas que nunca havia luz de verdade e passar o dia na cama debaixo dos cobertores era a maior tentação.

Mas, para sua surpresa, a Delicinhas teve clientes todos os dias. Mães com bebês; idosos parando para conversar com os amigos e comer um bolinho de queijo; o grupo de tricô responsável pelas encomendas de peças no estilo da ilha Fair, que geralmente se reunia nas cozinhas uns dos outros e que agora havia decidido fazer da Delicinhas da Annie seu lar. Flora nunca enjoava de ver a velocidade e a graça fenomenais com que aqueles dedos encarquilhados produziam os lindos padrões em todo tipo de lã.

Tanto é que Flora havia percebido: agora, esse era o trabalho dela. Esse era o seu lugar. Originalmente, a empresa em Londres dera uma licença para ela trabalhar com Colton, mas o período tinha acabado e ela precisava pedir demissão. Joel também precisava fazer isso, pois trabalhava para Colton em tempo integral. Flora vinha adiando a ida a Londres, esperando que os dois conseguissem ir juntos para assinar os documentos, mas isso parecia meio improvável.

Então, nesse dia, ela ajudou Isla, uma das duas jovens que trabalhavam com ela, a abrir a Delicinhas da Annie.

Tinham pintado o imóvel com o mesmo rosa-clarinho de antes de ficar largado e as paredes começarem a descascar. Agora, a cor fazia um belo contraste com o preto e branco do hotel Recanto do Porto, o azul-claro da loja de equipamentos para pesca e o creme das muitas lojas de lembrancinhas à beira-mar, vendendo blusas de lã grandonas, suvenires de conchas e esculturas em pedra, tartãs (é claro), miniaturas de vacas das Terras Altas, balas de caramelo e tabletes de doce de leite. Muitas fechavam no inverno.

O vento vinha do mar com força, jogando respingos de água salgada e chuva no rosto dela, e ela sorriu, saindo da casa na fazenda e correndo colina abaixo, o único trajeto que fazia ultimamente. O tempo podia estar gelado – embora ela estivesse usando um casaco acolchoado gigantesco que a isolava de praticamente tudo –, mas ainda assim não trocaria esse caminho por um vagão de metrô superaquecido e superlotado, uma avalanche de seres humanos subindo as escadas, frio, calor, frio, calor, mais e mais gente no caminho, gritos e bate-bocas, carros batendo uns nos outros e buzinando sem parar, entregadores em bicicletas berrando com taxistas, trens passando a toda velocidade, folhetos gratuitos voando pelos ares e pelas ruas com embalagens de fast-food e bitucas de cigarro... Não, pensou Flora; mesmo numa manhã dessas, você consegue fazer seu trajeto. Não tinha a menor saudade daquilo tudo.

A Delicinhas da Annie estava toda iluminada e dourada. Era um lugar simples, com dez mesas trazidas de antiquários espalhadas estrategicamente pela sala ampla. O balcão, vazio no momento, logo estaria cheio de bolinhos, tortas, quiches, saladas e sopas caseiras que Iona e Isla estavam fazendo nos fundos. A Sra. Laird, padeira local, deixava todo dia duas dezenas de pães, que esgotavam bem depressa, e a cafeteira não parava de funcionar do amanhecer até o pôr do sol. Flora ainda não conseguia acreditar que aquilo existia, e que era graças a ela. De alguma forma, depois de voltar àquele lugar que conhecia tão bem e encontrar o velho livro de receitas de Annie, sua falecida mãe, aquela parecera uma decisão feliz, não desesperada nem triste.

Na época, tinha parecido um salto enorme e absurdo. Agora, olhando para trás, parecia totalmente óbvio, como se fosse a única coisa possível a ser feita. Como se aquele fosse o seu lar, e as mesmas pessoas das suas lembranças de infância – que agora estavam mais velhas, mas tinham o mesmo rosto, passado de geração em geração – eram parte do mundo dela tanto quanto sempre tinham sido, e o essencial em sua vida – Joel, a Delicinhas da Annie, a previsão do tempo, a fazenda, o frescor dos produtos locais –, de alguma forma, importava mais para ela do que o Brexit, o aquecimento global e o destino do mundo. Ela não estava em isolamento. Estava em renovação.

Assim, Flora estava com um bom humor fora do comum quando tirou a manteiga da família MacKenzie da geladeira – cremosa, salgada e, sinceramente, capaz de tornar todas as outras manteigas do mundo supérfluas – e viu todas as canecas de cerâmica de queima local prontas e enfileiradas. Havia um imigrante inglês morando num pequeno chalé depois das fazendas que as queimava num forno nos fundos. Eram peças grossas e bem queimadas em tons terrosos – areia, cinza e branco-acastanhado –, perfeitas para manter o *latte* quentinho, com bordas finas levemente voltadas para dentro e base bem mais espessa. Tiveram que mandar fazer uma placa educada avisando que as canecas estavam à venda; do contrário, as pessoas continuariam a roubá-las. As vendas haviam gerado uma renda paralela que vinha bem a calhar, além de uma vida nova e inesperada para o ceramista Geoffrey, lá depois da estrada da velha Fazenda Macbeth.

Assim que ela virou a placa de *fechado* para *aberto*, as nuvens se abriram, dando a impressão de que talvez ganhassem um ou dois raios de sol em meio à ventania, e isso também a fez sorrir. Joel estava longe, e isso era triste. Mas, por outro lado, depois que tirasse da frente aquela viagem besta a Londres, talvez pudesse chamar Lorna para ver episódios atrasados de algum reality show e dividir uma garrafa de prosecco. Ela não fazia muita coisa, mas ainda podiam rachar um vinho e, sério, no fim das contas, havia algo melhor que isso na vida?

Uma música de que Flora gostava começou a tocar no rádio e ela ficou o mais contente possível para alguém no meio de fevereiro quando uma sombra apareceu em frente à porta.

Flora abriu a porta para a primeira cliente do dia, que recuou um pouco diante da corrente de ar gelado, e piscou enquanto a pessoa bloqueava a entrada da luz. Então, o bom humor de Flora se dissipou um pouco. Era Jan.

Quando chegara a Mure, Flora tinha conhecido um cara legal – muito legal – chamado Charlie, ou Teàrlach. Ele organizava atividades de férias ao ar livre em Mure, às vezes para homens de negócios, advogados e empresas, o que pagava as contas, e às vezes para crianças desfavorecidas do continente, o que fazia por caridade.

Charlie havia gostado de Flora, e ela, conformada com a ideia de que nunca ficaria com Joel, tinha flertado um pouco com ele – *bom, mais do que só um pouco*, pensou ela. Sempre ficava com vergonha ao lembrar com que rapidez havia pulado de um para o outro. Mas Charlie era um cavalheiro e fora compreensivo.

O problema, porém, é que na época ele estava dando um tempo do namoro com Jan, com quem trabalhava. Jan, por sua vez, havia concluído que Flora era uma sirigaita irresponsável e que, se o namorado tinha se afastado, a culpa era toda dela. Jan nunca perdoou Flora, humilhando-a em voz alta e em público sempre que tinha a chance.

Normalmente, Flora não ficava muito incomodada com esse tipo de coisa. Mas, numa ilha do tamanho de Mure, era bem complicado não esbarrar com alguém com certa frequência, e, quando essa pessoa não gostava de você, era meio cansativo.

Nesse dia, porém, Jan – que era alta, tinha cabelos curtinhos e práticos, rosto quadrado e determinado, além da convicção constante de que estava salvando o mundo (trabalhava com Charlie nas atividades ao ar livre) e que as outras pessoas eram todas perdulárias e irresponsáveis – estava sorrindo.

– Bom dia! – cantarolou.

Flora olhou para Isla e Iona, que ficaram tão surpresas quanto ela com a alegria de Jan. As duas deram de ombros.

– Hã… Oi, Jan – respondeu Flora.

Em geral, Jan a ignorava e fazia o pedido às garotas, tagarelando em voz alta o tempo todo como se Flora não existisse. Se pudesse, Flora teria barrado sua entrada, mas não era o tipo de pessoa que barrava alguém e não tinha a menor ideia de como fazer uma coisa dessas. Em todo caso, parecia meio contraproducente barrar uma pessoa que trabalhava no programa de aventuras ao mesmo tempo que distribuía de graça, via Charlie, a comida perto da data de validade para as crianças que participavam.

– Olá! – Jan abanava a mão esquerda na maior ostentação.

Flora achou que ela estivesse acenando para alguém do outro lado da rua. Felizmente, Isla era um pouco mais antenada nesse tipo de coisa e exclamou:

– Jan! Isso aí é um anel de noivado?

Jan corou e tratou de parecer o mais modesta possível, o que não era grande coisa, e exibiu a mão num gesto tímido.

– Então você e Charlie vão se casar? – disse Isla. – Que legal!

– Parabéns! – disse Flora, sinceramente alegre.

Sentira-se culpada por Charlie; o fato de ele estar feliz com aquela vida a ponto de pedir a mão de Jan em casamento era uma ótima notícia.

– Isso é maravilhoso. Estou muito feliz por vocês!

Ao ouvir isso, Jan parece ter ficado um tanto desconcertada, como se esperasse em segredo ver Flora se jogar no chão e rasgar as roupas de tanta tristeza.

– E então, quando vai ser? – perguntou Iona.

– Bom, vai ser lá na Pedra, é claro.

– Se a Pedra ficar pronta – disse Flora. Não sabia por que Colton adiava tanto.

Jan ergueu as sobrancelhas.

– Ah, tenho certeza de que aqui tem gente que sabe fazer o serviço… Tem granola hoje?

E Flora precisou admitir, irritada, que não tinha.

– Bom, essa é uma notícia maravilhosa – repetiu.

Depois, não quis mais insistir no assunto para que ninguém pensasse que ela queria receber um convite, porque não queria nem um pouco. Muita gente tinha visto Flora e Charlie juntos na vila no verão anterior e lembrava como Jan tinha surtado depois de encontrá-los aos beijos. A última coisa de que precisava era que a fofoca ressuscitasse, agora que as pessoas finalmente tinham parado de comentar.

Por isso, foi para trás do balcão e perguntou:

– Vai querer mais alguma coisa?

– Quatro fatias de quiche. Então… Pelo que eu sei, normalmente a sua comida tem açúcar demais e vocês desperdiçam muito… Não?

Flora notou que a felicidade absoluta não havia diminuído o gosto de Jan por fazer os comentários mais negativos possíveis sobre praticamente tudo.

– Desculpa, como é que é?

– Bom – respondeu Jan, com um sorriso brincando nos lábios. – A gente achou que vocês gostariam de fazer o serviço de bufê do casamento.

Flora ficou surpresa. Estava desesperada para prestar serviços de bufê; a Pedra não dava o menor sinal de inaugurar, e ela queria muito ganhar mais dinheiro. Assim, poderia pagar salários melhores às garotas. Preferiria não ver todo mundo olhando para ela enquanto testemunhava o casamento de Charlie, mas, por outro lado, não ligava para isso, não é? Elas fariam bom uso do pagamento e ela ficaria o tempo todo nos bastidores, cuidando das coisas na cozinha. Na verdade, aquela talvez fosse a melhor solução possível.

– Claro! – disse ela. – Vamos adorar!

Jan franziu o rosto outra vez. Flora teve a impressão de que ela havia imaginado toda uma cena em que a situação seria, de alguma forma, humilhante para Flora. Não entendia qual era a vantagem, mas com certeza não daria a Jan o prazer de pensar que, no fundo, sentia algo além de satisfação.

Jan se aproximou.

– Seria um lindo presente de casamento – disse ela.

Flora piscou, perplexa.

O silêncio tomou conta do café, interrompido apenas pelo som do sino na porta enquanto os clientes de sempre começavam a entrar, e Isla e Iona iam para lá e para cá atrás do balcão, servindo-os, definindo uma distância segura entre ficar longe daquela conversa difícil e ainda conseguir ouvi-la.

– Ah – respondeu Flora, finalmente. – Não, acho que… Acho que precisaríamos cobrar. Sinto muito.

Jan abanou a cabeça num gesto de falsa solidariedade.

– Entendo que deve ser difícil pra você – disse, por fim, e Flora não pôde fazer mais que olhar para a frente, alegremente. – Eu achava que, com aquele seu namorado rico, você ia querer fazer uma boa ação pela ilha...

Flora se segurou para não explicar que não era assim que a banda tocava, nem um pouco, e que nem sonharia em aceitar um tostão de Joel, nunca; na verdade, a simples ideia de pedir dinheiro a ele a deixava horrorizada. Nunca tinham conversado sobre dinheiro. Ao pensar nisso, percebeu que nunca tinham conversado sobre quase nada, mas deixou para lá.

Joel, que não entendia essas coisas lá muito bem, recebia o silêncio como um alívio muito bem-vindo depois das mulheres com quem havia saído, que ficavam emburradas e sempre queriam fazer compras. Mas também presumia que Flora não queria nem precisava de nada, e isso também não era verdade.

Mais do que isso, porém, o que a incomodava era a ideia de Jan e sua família rica e bem alimentada se empanturrando de um dos famosos pratos da Delicinhas – lagosta, ostras com gelo, pão e manteiga da maior qualidade, carne do gado local e o melhor queijo que existia, tortas lustrosas e creme fresco. Iam comer tudo e gargalhar, se gabando por não terem pagado nada...

Flora embalou os pedaços de quiche num saco e abriu a caixa registradora sem dizer mais nenhuma palavra. Jan contou o dinheiro bem devagar, com um sorriso condescendente nos lábios, e depois saiu, deixando Flora a olhá-la, fervendo de raiva.

Iona a viu sair.

– Que pena – comentou.

– Essa mulher é um monstro – resmungou Flora.

Seu bom humor se dissipara quase que por completo.

– Não, é que eu queria muito ir ao casamento – explicou Iona. – Aposto que vai ter uns caras bem gatos na festa.

– Você só pensa nisso? Em conhecer uns caras? – perguntou Flora.

– Não, eu só penso em conhecer uns caras que não sejam pescadores.

– Epa! – exclamou um grupo de pescadores que estavam aquecendo as mãos geladas em volta das grandes canecas de chá e devorando pão fresquinho.

– Não é por nada – respondeu Iona. – Mas vocês estão sempre com cheiro de peixe e perdendo os polegares porque ficam enganchados nas redes, né?

Os pescadores se entreolharam, menearam a cabeça e concordaram que era verdade, bem verdade, e que aquela era uma profissão perigosa.

– Então tá! – disse Flora, erguendo as mãos. – Tenho que pegar um avião.

Capítulo dois

Flora passou com o Land Rover velho e surrado pela fazenda de sua amiga Lorna MacLeod a caminho do aeroporto, mas não a viu. Era uma manhã de muito vento, com uma brisa que vinha do mar e cristas brancas das ondas que se chocavam contra a areia, mas sem dúvida o tempo estava abrindo – a maré estava alta, e a Praia Infinita, como era conhecida, parecia um caminho longo e dourado. Ainda era preciso usar um casaco bem grosso, mas, de alguma forma, já era possível sentir no ar que algo despertava na terra.

Saindo de casa, com o cachorro Milou pulando alegremente ao seu lado, Lorna, a diretora da escola local de ensino fundamental e também professora (havia duas: Lorna ficava com a classe dos "pequenininhos", que incluía as crianças de quatro a oito anos, e a piedosa Sra. Cook ficava com as outras), viu crocos, galantos e narcisos começando a esticar as cabeças floridas. Havia um aroma no ar; em meio ao cheiro comum de maresia, que ela nunca notava, havia outro, mais terroso – um cheiro de crescimento, de renascimento.

Lorna sorriu para si mesma, exuberante, pensando nos meses à frente. Nos dias cada vez mais longos até o meio do verão, quando mal escurecia, Mure ficava alegre e repleta de uma multidão de turistas felizes, os três bares da cidade lotavam todas as noites e a música tocava até que o último bebedor de uísque ficasse contente, ou adormecido, ou as duas coisas.

Ela enfiou as mãos no fundo dos bolsos do casaco acolchoado e partiu, olhando o horizonte, onde os últimos raios em tons de rosa e ouro começavam a desaparecer e passavam a surgir alguns raios de sol frios, mas ainda dourados, do início da primavera.

Também estava de bom humor, já que agora acordava quando estava claro, para início de conversa. O último inverno tinha sido ameno em comparação com outros – é claro que houvera tempestades vindo do Ártico, interrompendo o fluxo das balsas e fazendo com que todos se encolhessem dentro de casa, mas isso não a incomodava tanto. Ela gostava de ver as crianças correndo por aí de touca e luvas, com as bochechas coradas, rindo no pátio da escola; gostava do aconchego do chocolate quente na cidade e de se enroscar junto ao fogo na velha casa do pai.

Tinha herdado a casa – tecnicamente, dividia-a com o irmão, que trabalhava numa plataforma de petróleo, tinha um apartamento moderno e estiloso em Aberdeen e não ligava muito para a fazenda. Então, Lorna vendera seu pequeno apartamento na rua principal para um casal jovem e, num acesso de exuberância primaveril, tratou de fazer da fazenda o seu lar.

Na verdade, foi uma pena Lorna não ter visto Flora naquela manhã, porque Flora bem que estava precisando de uma boa dose da positividade da amiga para enfrentar o que viria a seguir.

Mas Lorna viu Saif.

Ele a viu ao mesmo tempo, do outro lado da praia. Morava na antiga casa paroquial – a menor, que estava caindo aos pedaços, não aquela que Colton havia reformado com o maior requinte – na encosta da montanha. O lugar ficara vazio desde que o vigário se mudara para o continente, pois a população envelhecida de Mure deixou de ser grande o bastante para justificar a presença de um pastor em tempo integral, numa ilha que, embora tivesse fortes tendências à severidade religiosa e ao knoxismo, nunca havia se separado completamente de suas raízes mais antigas: os muitos deuses ferozes dos invasores vikings e os deuses da terra verde dos habitantes originais. Na ilha, havia algo profunda e absolutamente espiritual, quaisquer que fossem as crenças individuais. Havia menires nos promontórios – vestígios de uma comunidade que venerava sabe-se lá o quê –, bem como uma abadia em ruínas, antiga e linda, e igrejas baixas de aspecto severo espalhadas pela ilha, com campanários atarracados resistindo aos ventos do norte.

A casa foi entregue para Saif enquanto cumpria seus dois anos de serviço à comunidade, em troca dos quais prometeram que ele receberia um visto de residência permanente. Estava lá como refugiado, além de médico, e as ilhas remotas precisavam desesperadamente de clínicos gerais, embora, é claro, a promessa do direito à residência permanente não fosse garantida. Saif desistira de ler sobre a política inglesa. Para ele, era um mistério insondável. Não sabia que também era um mistério para todas as pessoas ao seu redor, só presumia que as coisas sempre tinham sido assim.

Ele voltara a ter aqueles sonhos. Não sabia se um dia se libertaria deles. Sempre o clamor, o barulho. Estava no barco outra vez, agarrando-se à mochila de couro como se sua vida dependesse dela. A expressão do menininho que ele tivera que suturar sem anestesia depois de uma briga. O estoicismo. O desespero. O barco.

E todas as manhãs, fizesse chuva ou sol, ele acordava decidido a não afundar debaixo de suas próprias ondas – suas ondas de espera: à espera de notícias sobre sua esposa e seus dois filhos, que ficaram para trás quando ele fora ver se conseguia forjar uma passagem para uma vida melhor para a família num mundo que, de repente, tinha ficado muito pior.

Ainda não recebera nenhuma notícia, embora ligasse para o Departamento de Imigração uma vez por semana. Não sabia ao certo se o bairro distante que havia deixado para trás – antes tranquilo, simpático, relaxado – ainda existia. Toda a sua vida se acabara.

E as pessoas não paravam de dizer que ele tivera sorte.

Todo dia de manhã, para tirar os horrores da noite da cabeça, ele fazia uma longa caminhada pela Praia Infinita, tentando alcançar um estado de espírito apropriado para lidar com as pequenas queixas da população local: os quadris doloridos, a tosse dos bebês, a ansiedade leve, a menopausa e tudo o que ele não deveria considerar bobagem em comparação com o sofrimento causticante e apocalíptico de sua terra natal. Andar três ou quatro quilômetros já ajudava. Durante o inverno, ele caminhava enquanto o sol mal tinha nascido, meio por instinto, acolhendo os punhados de granizo que pareciam pedras atiradas em seu rosto, fenômeno que ele nunca havia experimentado antes de chegar à Europa e que achava quase cômico, de tão inconveniente.

Mas pelo menos o tempo permitia que Saif sentisse algo diferente de pavor, e ele o deixava açoitar sua cabeça. Quando ficava gelado até os ossos – e exausto –, sentia-se limpo.

Limpo e vazio, pronto para mais um dia nessa meia-vida – uma eterna sala de espera.

Estava pensando nisso quando viu aquilo, e ergueu os braços de surpresa.

Lorna viu o gesto do outro lado da praia e franziu a testa. Não era do feitio de Saif ficar tão entusiasmado. Quando muito, era preciso o maior empenho para fazê-lo revelar um pouco de si mesmo.

A vida em Mure era feita de muita conversa – não havia como impedir. Todos se conheciam e usavam as fofocas como a força vital da comunidade. A qualquer momento, era normal saber onde estavam e o que vinham fazendo três gerações de murianos. É claro que todo mundo era milionário nos Estados Unidos ou estava fazendo um sucesso enorme em Londres ou tinha os filhos mais inteligentes e maravilhosos. Isso tudo era aceito como fato óbvio. Mesmo assim, era gostoso de ouvir.

Mas Saif nunca, jamais falava de sua família. Lorna só sabia que ele tinha – ou tivera – uma esposa e dois filhos, e não aguentava perguntar mais nada.

Saif desembarcara em Mure desprovido de tudo – de bens materiais, de status. Era refugiado antes de ser médico: era alvo de pena – e até mesmo, em alguns lugares (antes de suturar os ferimentos dessas pessoas e tratar dos pais delas), de desprezo sem razão.

Lorna não suportaria o risco de perturbá-lo, de tirar o que restava da dignidade dele, só por curiosidade.

Então, quando o viu acenando na manhã iluminada de Mure, repleta de nuvens e promessas, o coração dela começou a bater mais rápido na mesma hora. Milou captou a emoção dela e correu alegre pela praia. Ela correu para acompanhá-lo, chegando ofegante – pois a Infinita sempre era muito mais longa do que a gente imaginava, já que a água pregava peças no conceito de distância – e trêmula.

– Olha! – gritava Saif. – Olha!

Lorna olhou para onde ele apontava. Era um barco? O que era? Ela forçou a vista para enxergar melhor.

– Ah. Já foi – disse Saif.

Lorna olhou para ele, intrigada, mas o olhar dele continuava fixo na água. Ela olhou também, tentando acalmar o coração. Bem quando estava prestes a perguntar do que ele estava falando, ela viu: no começo, uma ondulação, nada que desse para distinguir. Depois, vindo do nada, um corpo enorme – vasto, mais vasto do que parecia possível, tão grande que ninguém acreditaria que era capaz de se impulsionar. Era como assistir à decolagem de um 747: um corpo imenso, preto e lustroso saltou por cima das ondas e, com uma torção vibrante da cauda, esparramando as gotas d'água, mergulhou, desaparecendo no mar.

Saif se virou para Lorna, os olhos brilhando. Disse alguma coisa que parecia *hut*.

Lorna franziu a testa.

– Quê?

– Não sei qual é a palavra em inglês – respondeu ele.

– Ah! – exclamou Lorna. – Baleia! É uma baleia. Que esquisito… Nunca vi nada igual.

– Tem muitas aqui?

– Algumas. – Lorna fez uma careta, pensativa. – Umas baleias normais. Aquela era estranha. E não é bom elas ficarem tão perto do litoral. No ano passado, uma baleia encalhou e foi o maior auê, lembra?

Saif não entendia se "o maior auê" era bom ou ruim e não se lembrava do caso, então continuou olhando para lá. E pouco tempo depois a baleia saltou de novo, e dessa vez o sol iluminou as gotas que caíam da cauda como diamantes, além de algo que parecia, por mais bizarro que fosse, um chifre. Os dois se inclinaram para a frente para ver melhor.

– Que linda!

Lorna olhou para a baleia.

– É mesmo – concordou.

– Você parece triste, *Lorena*.

Ele nunca se saía muito bem ao pronunciar o nome dela.

– Bom, pra começar, estou preocupada com ela. É terrível quando uma baleia encalha. Mesmo que a gente consiga salvar uma vez, às vezes elas encalham de novo. E tem mais…

Saif olhou para ela, intrigado.

– Ah, bom, você vai achar que é besteira.

Ele deu de ombros.

– Para os murianos… Quer dizer, aqui na ilha, é sinal de má sorte.

Saif pareceu confuso.

– Mas elas são tão lindas.

– Muitas coisas lindas dão azar. É pra serem bem recebidas – disse Lorna, de olhar fixo no horizonte. – A gente precisa da Flora. Ela resolve essas coisas.

Saif parecia em dúvida e Lorna riu.

– Ah, é só uma superstição boba.

E a baleia pulou novamente pelas ondas turbulentas, tão forte e livre que, por um instante, Lorna se perguntou por que não sentia nenhuma alegria; por que tinha, inesperadamente, uma sensação de mau agouro no fundo do estômago, que não combinava nada com aquele dia fresco.

CONHEÇA OUTRO LIVRO DA AUTORA

Um novo capítulo para o amor

Zoe é uma mãe solteira que corta um verdadeiro dobrado para sustentar a si mesma e a seu filhinho de 4 anos, Hari. Quando o valor do aluguel de seu apartamento em Londres se torna exorbitante, Zoe fica sem saber o que fazer.

Então, a tia do menino sugere que ela se mude para a Escócia para ajudar a gerenciar uma pequena livraria. Sair de uma cidade em que se sente tão solitária para morar num vilarejo acolhedor nas Terras Altas pode ser a mudança de que Zoe e Hari tanto precisam.

No entanto, ao descobrir que seu novo chefe, o temperamental livreiro Ramsay Urquart, é um poço de hostilidade, e que os filhos dele são mais do que malcriados, Zoe se pergunta se tomou a decisão certa.

Só que o pequeno Hari encontrou seu primeiro amigo de verdade. Além disso, ninguém resiste à beleza do lago Ness brilhando ao sol de verão.

Sem falar que é em lugares assim que os sonhos começam...

CONHEÇA OS LIVROS DE JENNY COLGAN

A pequena livraria dos sonhos
A padaria dos finais felizes
A adorável loja de chocolates de Paris
Um novo capítulo para o amor
A pequena ilha da Escócia
Um lugar muito distante
A praia infinita

Para saber mais sobre os títulos e autores da Editora Arqueiro,
visite o nosso site e siga as nossas redes sociais.
Além de informações sobre os próximos lançamentos,
você terá acesso a conteúdos exclusivos
e poderá participar de promoções e sorteios.

editoraarqueiro.com.br